suhrkamp taschenbuch 2240

Marianne, dreißig Jahre alt, und ihr achtjähriger Sohn Stefan warten in ihrem Bungalowhaus über den Ausläufern einer westdeutschen Großstadt auf die Rückkehr Brunos, des Mannes und Vaters, von einer mehrmonatigen Geschäftsreise in Skandinavien. Am Abend holt Marianne Bruno am Flughafen ab. Er erzählt von seinem Allein- und Fremdsein in Finnland, von seiner Angst und seiner daraus resultierenden Verbundenheit mit Marianne und Stefan, einer Verbundenheit »auf Leben und Tod . . . und das Seltsame ist, daß ich sogar ohne euch sein könnte, nachdem ich das erlebt habe«. Am Morgen darauf gehen sie durch den Park. Plötzlich hat Marianne eine »seltsame Idee, eine Art Erleuchtung«. Sie bittet ihn, von ihr wegzugehen, sie allein zu lassen. Ohne Umstände willigt er ein, »für immer« fragt er. Das Alleinsein in der Wohnung macht Marianne müde. Immer wieder läßt sie die Schallplatte laufen »Eine linkshändige Frau«.
Nach und nach hören Marianne und Bruno auf, die Tage zu zählen, die sie allein sind. Die neue Form ihres Daseins beginnt sie zu schützen und zu stärken. Zufällig versammeln sich die Personen von Mariannes Umkreis noch einmal in ihrem Haus. Diese Versammlung steigert sich zu einer schmerzhaften Promenade der Lebensträume aller Anwesenden. Nachdem alle gegangen sind, ist Marianne froh, sich nicht »verraten« zu haben und frei sein zu können. Sie steht wieder an einem Anfang.
Peter Handke wurde 1942 in Griffen (Kärnten) geboren. Sein Werk im Suhrkamp Verlag ist auf Seite 135 dieses Buches verzeichnet.

Peter Handke
Die linkshändige Frau

Erzählung

Suhrkamp

Umschlag: Hermann Michels
Das Umschlagfoto zeigt Edith Clever und Bruno Ganz in »Die linkshändige Frau«. Ein Film von Peter Handke
Foto: Bildarchiv Engelmeier, München

suhrkamp taschenbuch 2240
Erste Auflage dieser Ausgabe 1993

Druck: Ebner Ulm
Printed in Germany

1 2 3 4 5 6 – 98 97 96 95 94 93

Die linkshändige Frau

Sie war dreißig Jahre alt und lebte in einer terrassenförmig angelegten Bungalowsiedlung am südlichen Abhang eines Mittelgebirges, gerade über dem Dunst einer großen Stadt. Sie hatte Augen, die, auch wenn sie niemanden anschaute, manchmal aufstrahlten, ohne daß ihr Gesicht sich sonst veränderte. An einem Winterspätnachmittag saß sie in dem gelben Licht, das von außen kam, am Fenster des ausgedehnten Wohnraums an einer elektrischen Nähmaschine, daneben ihr achtjähriger Sohn, der einen Schulaufsatz schrieb. Die eine Längsseite des Raums war eine einzige Glasfront vor einer grasbewachsenen Terrasse mit einem weggeworfenen Christbaum und der fensterlosen Mauer des Nachbarhauses. Das Kind saß an einem braungebeizten

Tisch über das Schulheft gebeugt und schrieb mit der Füllfeder, wobei seine Zunge zwischen den Lippen hervorleckte. Manchmal hielt es inne, schaute zur Fensterfront hinaus und schrieb dann eifriger weiter; oder es blickte zu der Mutter hin, die, obwohl abgewendet, es merkte und zurückblickte. Die Frau war mit dem Verkaufsleiter der lokalen Filiale einer in ganz Europa bekannten Porzellanfirma verheiratet, der an diesem Abend nach einer mehrwöchigen Geschäftsreise aus Skandinavien zurückkommen sollte. Die Familie war nicht wohlhabend, lebte aber in bequemen Verhältnissen, der Bungalow war gemietet, da der Mann jederzeit versetzt werden konnte.

Das Kind war mit dem Schreiben fertig und las vor: »›Wie ich mir ein schöneres Leben vorstelle‹: Ich möchte, daß es weder kalt noch heiß ist. Ein lauer Wind soll immer wehen, manchmal ein Sturm, in dem man sich hinhocken muß. Die Autos verschwinden. Die Häuser wären rot. Die Sträucher wären Gold. Man wüßte schon

alles und brauchte nichts mehr zu lernen. Man würde auf Inseln wohnen. Auf den Straßen stehen die Autos offen, und man kann hinein, wenn man müde ist. Man ist überhaupt nicht mehr müde. Die Autos gehören niemandem. Am Abend bleibt man immer auf. Man schläft ein, wo man gerade ist. Es regnet nie. Von allen Freunden gibt es jeweils vier, und die Leute, die man nicht kennt, verschwinden. Alles, was man nicht kennt, verschwindet.«
Die Frau stand auf und schaute zu dem schmaleren Querfenster hinaus, vor dem weiter weg einige Fichten standen, die sich nicht bewegten. Zu Füßen der Bäume waren mehrere Reihen von Einzelgaragen, ähnlich rechteckig und mit den gleichen Flachdächern wie die Bungalows, eine Zufahrtsstraße davor, wo ein Kind über den schneefreien Gehsteig einen Schlitten zog. Weit hinter den Bäumen lagen unten im Flachland die Ausläufersiedlungen der Großstadt, und ein Flugzeug stieg gerade aus der Ebene auf. Das Kind kam heran und fragte die Frau, die völlig versunken,

doch nicht erstarrt, eher nachgiebig, dastand, wohin sie denn schaue. Die Frau hörte nichts, blinzelte nicht. Das Kind schüttelte sie und rief: »Wach auf!« Die Frau kam zu sich und legte dem Kind die Hand auf die Schulter. Das schaute nun auch hinaus, versank seinerseits in den Anblick, mit sich öffnendem Mund. Es schüttelte sich nach einer Weile und sagte: »Jetzt habe ich mich auch verschaut, wie du!« Beide fingen zu lachen an und konnten nicht aufhören; wenn sie still wurden, fing gleich einer wieder an, und der andre lachte mit. Schließlich umarmten sie einander vor Lachen und fielen zusammen zu Boden.

Das Kind fragte, ob es jetzt den Fernseher einschalten dürfe. Die Frau antwortete: »Wir wollen doch Bruno vom Flughafen abholen.« Es schaltete aber schon das Gerät ein und setzte sich davor. Die Frau beugte sich zu ihm und sagte: »Wie soll ich also deinem Vater, der wochenlang im Ausland war, erklären, daß . . .« Das fernsehende Kind hörte nichts mehr. Die Frau rief es laut; machte mit den Händen einen Schalltrichter, als sei es im Freien irgendwo; aber es starrte nur in den Apparat. Sie bewegte die Hand vor seinen Augen, worauf das Kind den Kopf zur Seite legte und mit aufgerissenem Mund weiter schaute.

Die Frau stand draußen in einem Garagenhof, im offenen Pelzmantel, bei beginnender Dämmerung, wo die Schneepfützen gerade zufroren. Überall lagen auf dem Gehsteig die abgefallenen Nadeln der weggeschafften Christbäume. Während sie die Garagentür aufsperrte, blickte sie zu der Siedlung hinauf, wo in einigen der übereinandergebauten, schachtelförmigen Bungalows schon die Lichter an waren. Hinter der Siedlung begann ein Mischwald, hauptsächlich aus Eichen, Buchen und Fichten, der von da an zu einem der Mittelgebirgsgipfel flach anstieg, ohne ein Dorf oder auch nur ein Haus dazwischen. Das Kind erschien am Fenster ihrer »Wohneinheit«, wie ihr Mann den Bungalow nannte, und hob den Arm.

Am Flughafen war es noch nicht ganz dunkel; die Frau sah, bevor sie die Auslandsankunftshalle betrat, über den Fahnenstangen mit den durchscheinenden Fahnen helle Flecken am Himmel. Sie stand unter andern und wartete; ihr Gesicht erwartungsvoll, doch entspannt; offen und für sich. Nach der Durchsage, daß die Maschine aus Helsinki gelandet sei, kamen die Passagiere hinter den Zollbarrieren hervor, Bruno unter ihnen, einen Koffer und die Tragetasche eines DUTY-FREE-SHOPS in den Händen; das Gesicht starr vor Erschöpfung. Er war kaum älter als sie und trug immer einen zweireihigen grauen Nadelstreifenanzug mit offenem Hemd. Seine Augen waren so braun, daß man kaum die Pupillen sah; er konnte die Leute lange anschauen, ohne daß sie sich geprüft fühlten. Als Kind war er Schlafwandler gewesen; auch als Erwachsener sprach er oft im Traum.
In der Halle, vor allen Leuten, legte er den Kopf auf die Schulter der Frau, als müsse er sich dort in dem Pelz auf der Stelle ausruhen. Sie nahm ihm Tasche und Koffer aus

den Händen, und jetzt konnte er sie umarmen. Sie standen lange so; Bruno roch ein wenig nach Alkohol.
Im Lift, der zur Tiefgarage hinunterführte, schaute er sie an, während sie ihn betrachtete.
Sie stieg zuerst ins Auto und öffnete ihm die Tür zum Nebensitz. Er blieb noch draußen stehen, schaute vor sich hin. Er schlug sich mit der Faust an die Stirn; hielt sich dann mit den Fingern die Nase zu und blies sich die Luft aus den Ohren, als seien ihm diese von dem langen Flug noch verstopft.
Im fahrenden Auto auf dem Zubringer zu der kleinen Stadt am Abhang des Mittelgebirges, wo die Bungalowsiedlung lag, fragte die Frau, mit der Hand am Autoradio: »Willst du Musik?« Er schüttelte den Kopf. Es war inzwischen schon Nacht, und in den Büro-Hochhauskomplexen neben der Straße waren fast alle Lichter aus, während die Wohnsiedlungen rundherum an den Hügeln hell flimmerten.
Nach einiger Zeit sagte Bruno: »Es war

immer nur dunkel in Finnland, Tag und Nacht. Und von der Sprache, die die da sprachen, habe ich kein Wort verstanden! In jedem anderen Land gibt es doch wenigstens ähnliche Wörter – aber da war nichts Internationales mehr. Das einzige, was ich behalten habe, ist das Wort für Bier: ›olut‹. Ich war ziemlich oft betrunken. An einem Frühnachmittag, als es gerade ein bißchen hell geworden war, habe ich in so einem Selbstbedienungscafé gesessen und plötzlich den Tisch zu zerkratzen angefangen. Die Dunkelheit, die Kälte in den Nasenlöchern, und ich konnte mit niemandem reden. Daß ich einmal in der Nacht die Wölfe heulen hörte, war fast schon ein Trost. Oder daß ich ab und zu in ein Klosettbecken mit den Initialen unserer Firma pinkelte! Ich wollte dir etwas sagen, Marianne: Ich habe da oben an dich gedacht, und an Stefan, und ich hatte nach diesen langen Jahren, die wir nun zusammen sind, zum ersten Mal das Gefühl, daß wir zueinander gehören. Ich kriegte plötzlich Angst,

verrückt zu werden vor Alleinsein, verrückt auf eine grauenhaft schmerzhafte, noch von niemandem erlebte Weise. Ich habe dir oft gesagt, daß ich dich liebe, aber erst jetzt fühle ich mich mit dir verbunden. Ja, auf Leben und Tod. Und das Seltsame ist, daß ich sogar ohne euch sein könnte, jetzt, da ich das erlebt habe.«
Die Frau legte Bruno nach einiger Zeit die Hand auf das Knie und fragte: »Und die Verhandlungen?«
Bruno lachte: »Die Aufträge nehmen wieder zu. Wenn die Nordländer schon schlecht essen, dann wenigstens von unserem Porzellan. Das nächste Mal werden die Kunden dort sich zu uns herunter bemühen müssen. Der Preisverfall ist aufgehalten; wir brauchen nicht mehr so hohe Rabatte zu geben wie noch in der Krise.« Er lachte wieder: »Die sprechen nicht einmal englisch. Wir mußten uns über eine Dolmetscherin unterhalten, eine alleinstehende Frau mit Kind, die hier studiert hat, im Süden, glaube ich.«
Die Frau: »Glaubst du?«

Bruno: »Nein, ich weiß es natürlich. Sie hat es mir erzählt.«
In der Siedlung gingen sie an einer beleuchteten Telefonzelle vorbei, in der sich schattenhaft jemand bewegte, und bogen in eins der engen, künstlich verwinkelten Gäßchen ein, die die Siedlung querteilten. Er legte den Arm um ihre Schulter. Während die Frau die Tür aufsperrte, schaute sie sich noch einmal um, wo die nächtliche Gasse im Halbdunkel lag, die Bungalows übereinander, die Vorhänge zugezogen.
Bruno fragte: »Bist du immer noch gern hier?«
Die Frau: »Manchmal wünschte ich mir eine stinkende Pizzabude vor der Haustür, oder einen Zeitungsstand.«
Bruno: »Ich atme jedenfalls auf, wenn ich hierher zurückkomme.«
Die Frau lächelte für sich.
Im Wohnraum saß das Kind in einem sehr breiten Lehnstuhl, unter einer Stehlampe, und las. Als die Eltern eintraten, schaute es kurz auf und las weiter. Bruno näherte sich ihm; doch es hörte nicht auf zu lesen. Nach

einiger Zeit schmunzelte es endlich, kaum merklich. Dann stand es auf und suchte in allen Taschen Brunos nach Mitgebrachtem.
Die Frau kam mit einem Silbertablett, ein Glas Wodka darauf, aus der Küche, doch die beiden waren nicht mehr im Wohnraum. Sie ging durch den Flur und schaute in die Zimmer, die wie Zellen vom Flur abzweigten. Als sie die Tür zum Bad öffnete, saß da Bruno auf dem Wannenrand und schaute bewegungslos dem Kind zu, das sich, schon im Pyjama, die Zähne putzte. Es hatte die Ärmel aufgerollt, damit das Wasser nicht hineinrann, und leckte die offene Zahnpastatube – die Kinderzahnpaste hatte Himbeergeschmack – sorgfältig ab; stellte das Gebrauchte auf die Ablage zurück, wobei es sich auf die Zehenspitzen stellen mußte. Bruno nahm das Schnapsglas vom Tablett und fragte: »Du trinkst nichts? Hast du noch etwas vor für diese Nacht?«
Die Frau: »Bin ich denn anders als sonst?«
Bruno: »Anders wie immer.«

Die Frau: »Was heißt das?«
Bruno: »Du gehörst zu den wenigen Leuten, vor denen man keine Angst haben muß. Und außerdem bist du eine Frau, vor der man nichts spielen will.« Er gab dem Kind einen Klaps, und es ging hinaus.
Im Wohnraum, während die Frau und Bruno gemeinsam die verstreuten Kindersachen von den verschiedenen Spielen des Tages aufräumten, richtete Bruno sich auf und sagte: »Mir summen noch die Ohren von dem Flugzeug. Laß uns ganz feierlich essen gehen. Mir ist es heute abend zu privat hier, zu – verwunschen. Zieh dir das Kleid mit dem Ausschnitt an, bitte.«
Die Frau, die noch hockte und weiter aufräumte, fragte: »Und was ziehst du an?«
Bruno: »Ich gehe, wie ich bin; das war doch immer so. Die Krawatte leihe ich mir an der Rezeption. Hast du auch Lust auf einen Fußweg wie ich?«
Geführt von einem o-beinigen Kellner, betraten sie, wobei Bruno noch an der fremden Krawatte rückte, den festlichen, mit seiner sehr hohen Decke schloßartigen

Raum eines Restaurants in der Nähe, das an diesem Abend kaum besucht war. Der Ober schob ihnen die Stühle hin, so daß sie sich nur niederzulassen brauchten. Gleichzeitig falteten beide die weißen Servietten auf; lachten.

Bruno aß nicht nur seinen Teller leer, sondern wischte ihn auch noch mit einem Stück Weißbrot ganz sauber. Nachher sagte er, indem er ein Glas Calvados, das in dem Licht der Deckenlüster leuchtete, in der Hand hielt und es betrachtete: »Heute hatte ich es nötig, so bedient zu werden. Welch eine Geborgenheit! Welch eine kleine Ewigkeit!« Der Ober stand still im Hintergrund, während Bruno weitersprach: »Im Flugzeug habe ich einen englischen Roman gelesen. Da gibt es eine Szene mit einem Diener, an dessen würdevoller Dienstbereitschaft der Held des Buches die reife Schönheit jahrhundertealten Feudaldienstes bewundert. Das Objekt dieser stolzen, respektvollen Dienerarbeit zu sein, das bedeutet ihm, wenn auch nur für kurze Stunde des Teetrinkens, nicht allein die

Versöhnung mit sich selber, sondern, auf eine seltsame Weise, auch die Versöhnung mit der gesamten menschlichen Rasse.«
Die Frau wendete sich ab; Bruno rief, und sie schaute, ohne ihn anzuschauen.

Bruno sagte: »Wir bleiben heute nacht hier im Hotel. Stefan weiß, wo wir sind. Ich habe ihm die Telefonnummer neben das Bett gelegt.« Die Frau senkte den Blick, und Bruno winkte dem Kellner, der sich zu ihm beugte: »Ich brauche ein Zimmer für diese Nacht. Wissen Sie, meine Frau und ich möchten miteinander schlafen, sofort.«
Der Kellner schaute beide an und lächelte, nicht verschwörerisch, eher teilnehmend: »Es ist zwar gerade eine Messe, doch ich werde fragen.« An der Tür drehte er sich noch einmal um und sagte: »Ich bin gleich wieder da.«

Die beiden waren allein im Raum, wo auf allen Tischen noch Kerzen brannten; von den Tannenzweiggebinden daneben fielen fast lautlos die Nadeln; an den Wänden bewegten sich Schatten auf den Gobelins mit Jagdszenen. Die Frau sah Bruno lange an. Obwohl sie ganz ernst war, leuchtete ihr Gesicht, kaum wahrnehmbar.

Der Kellner kam zurück und sagte mit einer Stimme, als habe er sich beeilt: »Hier ist der Schlüssel für das Turmzimmer. Es haben Staatsleute darin geschlafen; hoffentlich stört Sie das nicht?« Bruno winkte ab, und der Kellner fügte ohne Anzüglichkeit hinzu: »Ich wünsche Ihnen eine schöne Nacht. Hoffentlich stört Sie die Turmuhr nicht; der große Zeiger raschelt nämlich jede Minute.«

Als Bruno die Zimmertür aufsperrte, sagte er sehr ruhig: »Heute abend kommt es mir vor, als ob sich alles erfüllte, was ich mir je gewünscht habe. Als ob ich mich von einem Glücksort zum anderen zaubern könnte; ohne Zwischenstrecke. Ich fühle jetzt eine Zauberkraft, Marianne. Und ich brauche dich. Und ich bin glücklich. Es sirrt alles in mir nur so vor Glück.« Er lächelte sie überrascht an. Sie traten ins Zimmer und machten schnell überall Licht, auch im Vorraum und Bad.

Im ersten Morgengrauen war die Frau

schon wach. Sie schaute zum Fenster hin, das ein wenig offenstand, bei aufgezogenen Vorhängen; Winternebel kam herein. Der Turmuhrzeiger klickte. Sie sagte zu Bruno, der an ihrer Seite schlief: »Ich möchte nach Hause.«

Er verstand sofort, im Schlaf.

Sie gingen langsam den Weg hinunter, der aus dem Park führte; Bruno hatte den Arm um sie gelegt. Dann lief er weg und schlug einen Purzelbaum auf dem hartgefrorenen Rasen.

Die Frau blieb auf einmal stehen, schüttelte den Kopf. Bruno, der schon etwas weiter war, schaute fragend zu ihr zurück. Sie sagte: »Nichts, nichts!«, und schüttelte wieder den Kopf. Sie sah Bruno lange an, als helfe sein Anblick ihr, nachzudenken. Darauf näherte er sich ihr, und sie blickte weg zu den mit Rauhreif bedeckten Bäumen und Büschen des Parks, die jetzt kurz der Morgenwind schüttelte.

Die Frau sagte: »Mir ist eine seltsame Idee gekommen; eigentlich keine Idee, sondern eine Art – Erleuchtung. Aber ich will nicht

davon reden. Gehen wir nach Hause, Bruno, schnell. Ich muß Stefan zur Schule fahren.« Sie wollte weiter, aber Bruno hielt sie auf: »Wehe, wenn du es nicht sagst.«
Die Frau: »Wehe dir, wenn ich es sage.« Gleichzeitig mußte sie über den Ausdruck lachen. Sie schauten einander sehr lange an, erst unernst, dann nervös, erschreckt, schließlich gefaßt.
Bruno: »So, jetzt sag es.«
Die Frau: »Ich hatte auf einmal die Erleuchtung« – sie mußte auch über dieses Wort lachen –, »daß du von mir weggehst; daß du mich allein läßt. Ja, das ist es: Geh weg, Bruno. Laß mich allein.«
Nach einiger Zeit nickte Bruno lange, hob die Arme zur halben Höhe und fragte: »Für immer?«
Die Frau: »Ich weiß es nicht. Nur weggehen wirst du und mich alleinlassen.« Sie schwiegen.
Dann lächelte Bruno und sagte: »Erst einmal kehre ich jedenfalls um und trinke im Hotel eine Tasse heißen Kaffee. Und heute nachmittag hole ich meine Sachen ab.«

Die Frau antwortete ohne Boshaftigkeit, eher fürsorglich: »Für die ersten Tage kannst du sicher zu Franziska ziehen. Ihr Lehrerkollege hat sie gerade verlassen.« Bruno: »Ich werde es mir beim Kaffee überlegen.« Er ging zum Hotel zurück, und sie verließ den Park.

In der langen Allee, die zu der Siedlung hinausführte, machte sie einen Hüpfschritt; fing auf einmal zu laufen an. Zuhause zog sie die Vorhänge auf, schaltete den Plattenspieler an und bewegte sich wie tanzend, bevor noch die Musik einsetzte. Das Kind kam dazu, im Pyjama, und fragte: »Was machst du denn da?« Die Frau: »Ich bin beklommen, glaube ich.« Und dann: »Zieh dich an, Stefan. Es ist Zeit für die Schule. Ich mache dir inzwischen die Toastbrote.« Sie ging zu dem Spiegel im Flur und sagte: »Jesus – Jesus – Jesus.«

Es war ein heller Wintermorgen, wo aus dem aufreißenden Nebel Flocken wie Schnee fielen, nur langsamer, spärlicher.

Vor der Schule traf die Frau ihre Freundin, die Lehrerin Franziska, eine kräftige Person mit kurzen blonden Haaren und einer Stimme, die man aus jeder Menschenansammlung heraushörte, auch wenn sie gar nicht laut sprach. Sie redete fast nur in Meinungen, aber nicht aus Überzeugtheit, sondern aus Sorge, daß Gespräche sonst als Tratsch erscheinen würden.

Die Schulglocke läutete gerade. Franziska begrüßte das Kind mit einem Schulterschlag und sagte zu der Frau, als der Junge im Tor verschwunden war: »Ich weiß alles. Bruno hat mich gleich angerufen. Ich habe zu ihm gesagt: Endlich ist deine Marianne aufgewacht. – Meinst du es so? Ist es dir überhaupt ernst?«

Die Frau: »Ich kann jetzt nicht reden, Franziska.«

Die Lehrerin rief, schon im Hineingehen: »Wir treffen uns nach der Schule im Café. Ich bin ganz aufgeregt.«

Die Frau kam mit Paketen aus einem Reinigungsgeschäft; stand an in einem Metzgerladen; räumte auf dem Parkplatz vor dem Supermarkt der kleinen Stadt schwere Plastiktragetaschen hinten in ihren VW. Sie hatte dann noch ein bißchen Zeit und ging durch den weiten, hügeligen Stadtpark an den zugefrorenen Teichen vorbei, wo ein paar Enten schlitterten. Sie wollte sich irgendwo hinsetzen, aber die Sitzflächen aller Bänke waren während des Winters abmontiert. So stand sie da und betrachtete den bewölkten Himmel. Ein paar alte Leute blieben neben ihr stehen, schauten auch.

Sie traf sich mit Franziska im Café; das Kind neben ihr las ein Comic-Heft. Franziska zeigte darauf und sagte: »Diese Ente ist die einzige von den Heftchenfiguren, die ich in meiner Klasse zulasse. Ich fordere sogar auf, seine traurigen Abenteuer zu lesen. Die Kinder erfahren an diesem immer zu kurz kommenden Tier mehr über die Daseins-Formen, als sie in der gutsituierten Haus- und Grundbesitzerlandschaft hier sonst jemals mitkriegen werden, wo das Leben nur darin besteht, das Fernsehen nachzuspielen.« Das Kind hinter dem Heft und die Frau tauschten Blicke aus.

Franziska fragte: »Und was wirst du jetzt tun, allein?«
Die Frau: »Im Zimmer sitzen und weder aus noch ein wissen.«
Franziska: »Nein, im Ernst: Gibt es jemand andern?«
Die Frau schüttelte nur den Kopf.
Franziska: »Hast du darüber nachgedacht, wovon ihr beide leben werdet?«
Die Frau: »Nein. Aber ich möchte gern wieder mit dem Übersetzen anfangen. Wie ich damals vom Verlag wegging, sagte der Verleger, nun könnte ich doch endlich, statt immer nur die ausländischen Rechtsverträge zu behandeln, wie ich das als Verlagsangestellte tun mußte, richtige Bücher übersetzen. Und seitdem hat er mir regelmäßig Angebote gemacht.«
Franziska: »Romane. Gedichte! Und so was dann vielleicht auch noch für zwanzig Mark die Seite, Stundenlohn drei Mark.«
Die Frau: »Fünfzehn Mark die Seite, glaube ich.«
Franziska betrachtete sie lange. »Ich möchte, daß du möglichst bald zu unserer

Gruppe kommst. Du wirst sehen: Wir sind eine Gemeinschaft, wo jede von uns aufblüht. Und wir tauschen keine Kochrezepte aus! Du weißt gar nicht, wieviel Paradiesisches unter Frauen möglich ist.«
Die Frau: »Ich komme gern einmal.«
Franziska: »Hast du eigentlich jemals allein gelebt?«
Als die Frau wieder den Kopf schüttelte, sagte Franziska: »Ich ja. Und ich verachte das Alleinsein. Ich verachte mich, wenn ich allein bin. Bruno wird übrigens vorerst bei mir wohnen – wenn du ihn nicht, wie ich fast vermute, heute abend wieder zurückhaben willst. Ich kann das alles noch gar nicht glauben. Und trotzdem bin ich begeistert, Marianne, und seltsamerweise stolz auf dich.«
Sie zog die Frau an sich heran und umarmte sie. Dann sagte sie zu dem Kind hinter dem Heft, indem sie ihm auf die Knie klopfte: »Wie kriegt der Geldprotz seinen armen Verwandten denn diesmal dran?« Das Kind, ins Lesen vertieft, reagierte nicht, und so sagte eine Zeitlang

niemand was. Dann antwortete die Frau: »Stefan möchte immer der Reiche sein – weil der, wie er sagt, der Bessere ist.« Franziska hob ihr leeres Glas zum Mund; machte daran Trinkbewegungen. Sie setzte das Glas ab und schaute zwischen der Frau und dem Kind hin und her, wobei ihr Gesicht allmählich weich wurde. (Manchmal passierte es Franziska, daß sie plötzlich, über gar nichts Bestimmtes, in eine sprachlose Gerührtheit ausbrach, wobei ihr Gesicht in der Entspannung eine Ähnlichkeit mit vielen anderen, und sehr verschiedenen, Gesichtern bekam – als entdecke sie in dieser unbestimmten Rührung sich selber.)

Zu Hause im Flur des Bungalows packte die Frau, vor den offenen Wandschränken, die Koffer für Bruno. Als sie einen der bereitliegenden Koffer aufschlug, lag zusammengerollt, das Kind darin; es sprang auf, lief hinaus. Aus dem zweiten Koffer stieg ein Freund Stefans, ein ziemlich dikker Junge, der ihm auf die Terrasse nachlief, wo die beiden dann die Gesichter an die Scheiben preßten und die Zungen herausstreckten, was ihnen an den eiskalten Scheiben gleich wehtat. Die Frau, im Flur kniend, faltete sorgfältig die Hemden, schleppte die Koffer in den Wohnraum und stellte sie mittendrin, abholfertig, nieder. Als es läutete, ging sie schnell weg in die Küche. Bruno schloß auf, kam herein, um sich blickend wie ein Eindringling. Er sah die Koffer stehen und rief die Frau; zeigte auf das Gepäck und grinste. »Hast du auch schon mein Foto vom Nachttisch entfernt?«

Sie gaben einander die Hand.

Er fragte sie nach Stefan; sie zeigte auf die große Fensterseite, wo die zwei Kinder stumme Fratzen schnitten.

Bruno sagte nach einer Weile: »Seltsam, was uns heute morgen passiert ist, nicht wahr? Und dabei waren wir doch gar nicht betrunken. Jetzt komme ich mir ein bißchen lächerlich vor; du dir nicht?«

Die Frau: »Ja, doch. Nein, eigentlich nicht.«

Bruno nahm die Koffer: »Gut, daß morgen wieder das Büro anfängt. – Du hast ja noch nie allein gelebt.«
Die Frau: »Du kommst also von Franziska?«
Und dann sagte sie: »Willst du dich nicht setzen?«
Beim Hinausgehen sagte Bruno kopfschüttelnd: »Deine Sorglosigkeit . . . Erinnerst du dich überhaupt noch, daß es zwischen uns einmal eine Innigkeit gab, jenseits davon, daß wir Mann und Frau waren, und doch bestimmt davon, daß wir es waren?«
Die Frau schloß hinter ihm die Tür und blieb stehen. Sie hörte das Geräusch des abfahrenden Autos; ging zur Garderobe neben der Tür und steckte den Kopf zwischen die dort hängenden Kleidungsstücke.
In der Dämmerung saß die Frau, ohne Licht zu machen, vor dem Fernseher, der einen Zusatzkanal hatte, zur Beobachtung des Kinderspielplatzes der Siedlung. Sie sah das stumme, schwarzweiße Bild an, in dem gerade ihr Sohn auf einem Baumstamm

balancierte, während sein dicker Freund immer wieder herunterfiel; außer den beiden war niemand auf dem öden Platz. Die Augen der Frau schimmerten von Tränen.

Am Abend aßen die Frau und das Kind allein im Wohnraum. Sie war schon fertig und schaute dem Kind zu, das schlürfte und schmatzte. Es war sonst sehr still; nur ab und zu kam das Brummen des Kühlschranks aus der Küche, die mit dem Raum durch eine Durchreiche verbunden war. Zu Füßen der Frau stand ein Telefon.
Sie fragte Stefan, ob sie ihn zu Bett bringen solle. Das Kind antwortete: »Ich gehe doch immer allein ins Bett.«
Die Frau: »Laß mich dich wenigstens begleiten.«
Im Kinderzimmer zog sie dem erstaunten Jungen den Pyjama an, wollte ihn dann emporheben und ins Bett legen. Er wehrte sich; legte sich selber hin, worauf sie ihn bis zum Hals zudeckte. Er hatte ein Buch in der Hand und zeigte auf ein Foto darin,

das ein Hochgebirge im klaren Licht darstellte; Dohlen flogen davor. Er las laut die Legende unter dem Bild: »›Spätherbst vor der Kulisse der Berge: Auch um diese Zeit noch locken, wenn das Wetter mitmacht, die Gipfel.‹« Er fragte sie, was das heiße, und sie übersetzte ihm die Legende: daß man auch noch im Spätherbst bei schönem Wetter auf die Berge steigen könne. Sie beugte sich zu ihm, und er sagte: »Du riechst nach Zwiebeln.«

Allein, hockte die Frau in der Küche vor dem offenen Fach, in dem der Abfalleimer stand, den nicht leergegessenen Teller des Kindes in der Hand, den Fuß schon auf den Tritt des Eimers gestellt, so daß der Deckel aufstand. Sie nahm, so im Hocken, mit der Gabel noch ein paar Bissen in den Mund; blieb kauend hocken, schob den Rest in den Abfall. Sie verharrte eine Zeitlang bewegungslos in dieser Haltung.

In der Nacht, auf dem Rücken im Bett liegend, öffnete die Frau einmal ganz weit die Augen. Völlige Geräuschlosigkeit; sie lief zum Fenster und machte es auf; aber die Stille wich nur einem leisen Geraune. Sie ging ins Zimmer des Kindes, ihre Decke im Arm, und legte sich neben dessen Bett auf den Boden.

An einem folgenden Morgen saß die Frau im Wohnraum tippend vor einer Schreibmaschine. Sie las sich das Geschriebene halblaut vor: »Nun kann ich endlich auf Ihre wiederholten Angebote, aus dem Französischen zu übersetzen, zurückkommen. Nennen Sie mir Ihre Bedingungen. Im Moment würde ich mich lieber mit Sachliteratur beschäftigen. Ich erinnere mich oft an die Arbeit in Ihrem Verlag (für sich fügte sie hinzu: ›Wenn ich auch vom Maschinenschreiben regelmäßig eine Sehnenscheidenentzündung im Handgelenk bekam‹) und erwarte Ihren Anruf.«
Neben dem Telefonhäuschen am Rand der Siedlung war ein Postkasten, wo sie den Brief einwarf. Als sie sich abwendete, trat Bruno auf sie zu. Er faßte sie grob am

Arm; dann schaute er um sich, ob sie beobachtet würden: weiter oben auf der Straße hatte sich ein älteres Waldgängerehepaar mit Rucksack, Bergstock und Knickerbokkern umgedreht. Bruno drängte die Frau in die Telefonzelle, wo er sich dann plötzlich entschuldigte.
Er schaute sie lange an: »Soll dieses Spiel denn immer weitergehen, Marianne? Ich mag jedenfalls nicht mehr mitspielen.«
Die Frau antwortete: »Jetzt fang nur nicht an, von dem Kind zu reden.« Er schlug sie, ohne sie in der Enge der Zelle richtig zu treffen. Dann machte er eine Geste, als ob er die Hände vors Gesicht legen wollte, ließ sie aber gleich sinken: »Franziska meint, du wüßtest gar nicht, was du tust. Sie sagt, du seist ohne Bewußtsein von den historischen Bedingungen deiner Handlungsweise.« Er lachte. »Weißt du, wie sie dich nennt? – Privatmystikerin. Ja, eine Mystikerin bist du. Mystikerin! Pfui Teufel. Du bist krank. Ich habe zu Franziska gesagt, ein paar Elektroschocks würden dich wieder zur Vernunft bringen.«

Darauf schwiegen sie lange. Dann sagte die Frau: »Du kannst natürlich immer kommen, am Wochenende zum Beispiel, und Stefan für den Zoo abholen. Oder fürs historische Museum.«
Sie sagten wieder nichts. Plötzlich zog Bruno eine Fotografie seiner Frau hervor, hielt sie ihr hin und zündete sie dann mit einem Feuerzeug an. Die Frau versuchte nicht zu lächeln, schaute woandershin; lächelte dann doch.
Bruno trat hinaus und warf das verbrannte Foto weg; sie kam nach. Er blickte sich um und sagte ruhig: »Und ich? Glaubst du, ich existiere nicht? Bildest du dir ein, von allen Menschen seist nur du am Leben? Ich lebe auch, Marianne. Ich lebe!«
In diesem Moment zog die Frau Bruno, der auf die Straße geraten war, vor einem Auto zurück.
Bruno fragte: »Brauchst du Geld?« und holte ein paar Geldscheine hervor.
Die Frau: »Wir haben doch ein gemeinsames Konto. Oder hast du es sperren lassen?«

Bruno: »Natürlich nicht. Aber nimm es trotzdem, auch wenn du es nicht brauchst. Bitte.« Er hielt ihr das Geld hin, und schließlich nahm sie es, worauf beide erleichtert aussahen. Im Weggehen bat er sie, Stefan von ihm zu grüßen, und sie nickte und meinte, daß sie ihn bald im Büro besuchen würde.

Von weitem rief Bruno noch einmal über die Schulter zurück: »Sei mir nicht zuviel allein. Sonst stirbst du mir eines Tages daran.«

Zuhause stand die Frau vor dem Spiegel und schaute sich lange in die Augen; nicht um sich zu betrachten, sondern als sei das eine Möglichkeit, über sich in Ruhe nachzudenken.

Sie begann, laut zu sprechen: »Meint, was ihr wollt. Je mehr ihr glaubt, über mich sagen zu können, desto freier werde ich von euch. Manchmal kommt es mir vor, als ob das, was man von den Leuten Neues weiß, zugleich auch schon nicht mehr gilt. Wenn mir in Zukunft jemand erklärt, wie ich bin – auch wenn er mir schmeicheln oder mich bestärken will – werde ich mir diese Frechheit verbitten.« Sie reckte die Arme: ein Loch zeigte sich im Pullover unter einer Achsel; sie schob einen Finger hinein.

Von einem Moment zum andern begann sie die Möbel umzustellen; das Kind half ihr dabei. Beide standen dann in verschiedenen Ecken und betrachteten die veränderten Räume. Draußen fiel ein heftiger Winterregen, der wie Hagel auf der harten Erde hüpfte. Das Kind schob einen Teppichkehrer kreuz und quer; die Frau, barhaupt auf der Terrasse, putzte die große Fensterfront mit alten Zeitungen. Sie verteilte Fleckenschaum auf dem Auslegeteppich. Sie warf Papiere und Bücher in einen Abfallsack, neben dem schon ein paar volle, zugebundene Säcke lehnten. Sie reinigte mit einem Lappen den Briefkasten vor der Haustür; stand im Wohnraum unter der Lampe auf einer Leiter, schraubte eine Birne heraus, eine neue ein, die viel heller war.

Am Abend strahlte der Raum, und der braungebeizte Tisch, nun mit einem weißen Tischtuch versehen, war gedeckt für zwei; in der Mitte brannte eine dicke gelbe Bienenwachskerze, an der das Wachs hörbar schmorte. Das Kind faltete die Servietten und stellte sie auf die Teller. Bei leiser Tafelmusik (»Tafelmusik in der Wohneinheit«, war der Ausdruck Brunos gewesen) setzten sie sich einander gegenüber. Als beide gleichzeitig die Servietten auffalteten, stutzte die Frau, und das Kind fragte, ob sie wieder beklommen sei. Die Frau schüttelte lange den Kopf, verneinend und zugleich sich wundernd; nahm den Deckel von der Schüssel.

Beim Essen erzählte das Kind: »Es gibt was Neues in der Schule. Unsere Klasse braucht jetzt nur noch vier Minuten, um Mäntel und Schuhe auszuziehen – Pantoffel und Schulkittel anzuziehen. Der Direktor hat heute die Zeit gestoppt, mit einer echten Stoppuhr. Und am Anfang des Schuljahrs waren wir noch bei zehn Minuten! Der Direktor sagte, bis zum Schuljahrs-

ende könnten wir leicht den Rekord auf drei Minuten drücken. Wir wären auch heute schon so schnell gewesen, wenn nicht der dicke Jürgen sich mit den Mantelknöpfen so verheddert hätte. Und dann hat er den ganzen Vormittag geweint. In der Pause hat er sich zwischen die Mäntel versteckt und auch noch in die Hose gemacht. Weißt du, wie wir die drei Minuten schaffen werden? Wir fangen gleich im Treppenhaus zu laufen an und ziehen uns schon im Laufen alles aus!«
Die Frau sagte: »Deswegen also willst du trotz der Kälte immer den dünneren Mantel anziehen – weil der leichter zum Aufknöpfen ist!« Sie lachte.
Das Kind: »Lach nicht so. Du lachst wie der dicke Jürgen: der strengt sich immer an zu lachen, damit er lacht. Nie freust du dich wirklich. Nur einmal hast du dich gefreut über mich – das war, als ich beim Schwimmen plötzlich ohne Reifen auf dich zugeschwommen bin. Da hast du richtig gejauchzt, als du mich auffingst.«
Die Frau: »Ich erinnere mich gar nicht.«

Das Kind: »Aber ich erinnere mich.« Es rief hämisch: »Ich erinnere mich! Ich erinnere mich!«
In der Nacht saß die Frau am Fenster und las, ein dickes Wörterbuch neben sich, bei zugezogenen Vorhängen. Sie legte das Buch weg, zog die Vorhänge wieder auf; ein Auto bog gerade in einen Garagenhof, und auf dem Gehsteig führte eine ältere Dame ihren Hund aus, die sofort, als ob nichts ihr entginge, zum Fenster heraufschaute und winkte.

Die Frau schob einen Einkaufswagen durch einen der sehr engen Durchgänge des Supermarktes, wo man in eine Seitengasse ausweichen mußte, wenn einem jemand entgegenkam. Es klirrte von leeren Einkaufswagen, die von einem Angestellten zusammengeschoben wurden; dazu rasselten die Kassen, und an der Pfandrückgabestelle wurde die Handglocke geläutet, während die Supermarktmusik schallte, unterbrochen immer wieder von den Angeboten des Tages, der Woche, des

Monats. Die Frau stand eine Zeitlang regungslos da, schaute immer ruhiger um sich; ihre Augen begannen zu leuchten.
In einer stilleren Gasse wurde sie von Franziska angesprochen, die einen Caddie hinter sich herzog. Franziska sagte: »Gerade habe ich in der Brotabteilung gesehen, wie man einer hiesigen Hausfrau das Brot in Papier wickelte, dem Jugoslawen danach es aber nur so in die Hand drückte ... Ich gehe sonst immer in meinen Krämerladen an der Ecke, auch wenn die Salatköpfe dort oft halb verwelkt und, wie jetzt, halb vom Frost verbrannt sind. Aber den ganzen Monat lang kann man sich eine solche Menschenfreundlichkeit nicht leisten.«
Beide wurden angestoßen, und die Frau sagte: »Ich fühle mich manchmal wohl hier.«
Franziska zeigte auf einen Sehschlitz hinter einer Styroporwand, wo ein Mann in einem weißen Kittel die Käufer beobachtete. Im Lärm mußte sie schreien: »Und von diesem lebenden Toten fühlst du dich wahrscheinlich auch noch behütet?«

Die Frau: »Er paßt in den Supermarkt. Und der Supermarkt paßt zu mir. Heute jedenfalls.«
Sie reihten sich ein vor einer Kasse, wo Franziska die Frau plötzlich leicht am Ellenbogen streichelte. Sie sagte dann ein wenig verlegen: »Sicher haben wir uns wieder an der falschen Kasse angestellt. Links und rechts werden schon alle drangekommen sein, während wir hier noch warten. Mir geht es jedenfalls immer so.«
Vor dem Supermarkt waren ein paar in der Kälte zitternde Hunde angepflockt. Franziska hängte sich bei der Frau ein: »Komm bitte morgen abend zu unserer Gruppe. Die andern freuen sich auf dich. Es gibt da im Moment das Gefühl, daß im Kopf das meiste geklärt ist und daß das Leben trotzdem woanders ist. Wir brauchen jemanden, der ein bißchen Pause macht vom Lauf der Welt; der, kurz gesagt, ein bißchen spinnt. Du weißt schon, wie ich das meine.«
Die Frau: »Stefan bleibt in letzter Zeit abends nicht gern allein.«
Franziska: »Die Ursachen dafür kannst du

in jedem Psychologie-Grundriß nachlesen. Auch Bruno hält es allein nicht aus. Er fällt dabei sofort in die alten Kinderunarten zurück, sagt er. Hast du übrigens gestern abend im Fernsehen den Dokumentarbericht über einsame Menschen gesehen?«
Die Frau: »Ich erinnere mich nur an die Stelle, wo der Interviewer zu einem sagte: ›Erzählen Sie doch eine Geschichte von der Einsamkeit!‹, und wie der andre dann nur stumm dasaß.«
Franziska sagte nach einer Pause: »Versuch trotzdem, morgen zu kommen. Wir kreischen nicht wie Weiber an Wirtshaustischen.«
Die Frau ging weg zum Parkplatz hin, und Franziska rief ihr nach: »Fang nicht zu trinken an allein, Marianne.«
Sie ging mit ihren vollen Plastiktragetaschen weiter, an denen ein Griff durchriß, so daß sie die Hand darunterhalten mußte.

Am Abend saßen die Frau und das Kind beim Fernsehen. Endlich sprang das Kind auf und schaltete den Apparat aus. Die Frau sagte verwirrt und überrascht: »Oh danke«, und rieb sich die Augen.

Es läutete an der Tür; das Kind lief hin, und sie erhob sich wie benommen. Durch die offene Tür kam rasch der Verleger herein, ein massiger und zugleich ein wenig zappeliger Mann von etwa fünfzig Jahren, der beim Sprechen die Gewohnheit hatte, immer näher an den andern heranzutreten, wobei seine Stimme einen leichten Akzent annahm. (Es schien für ihn jedesmal um etwas zu gehen, und er entfaltete sich nur, wenn es gelang, ihn spüren zu lassen, daß er sich nicht zu beweisen brauchte. Auch denen, mit denen er am vertrautesten war, begegnete er immer von neuem mit der Fahrigkeit eines aus dem Schlaf Gerissenen, der erst, wenn er ganz wach geworden ist, wieder zu sich findet. Wo er auch war, trat er auf, als sei er der Gastgeber, und seine sich selber immer wieder sichtliche Rucke gebende und dadurch erst recht befremdende Kontakt-Freudigkeit wich nur durch die Ruhe eines Gegenüber einer Ge-

löstheit, in der er sich dann von seiner ständigen Kommunikationsbereitschaft zu erholen schien.)
Er hatte Blumen in der einen Hand, eine Flasche Champagner in der andern.
Er sagte: »Ich wußte, daß Sie allein sind, Marianne. Ein Verleger muß zwischen den Zeilen eines Briefes lesen können.«
Er reichte ihr das Mitgebrachte: »Zehn Jahre! Erkennen Sie mich denn überhaupt wieder? Ich weiß jedenfalls noch alles von Ihrer Abschiedsfeier damals im Verlag, Marianne. Und besonders erinnere ich mich an einen bestimmten Duft von Maiglöckchen hinter einem bestimmten Ohr.«
Das Kind stand dabei und hörte zu. Die Frau fragte: »Und was riechen Sie heute?«
Der Verleger zog die Luft ein.
Die Frau: »Das ist Rosenkohl. Noch Tage später ist dieser Geruch in den Schränken. Aber die Kinder essen dieses Gemüse so gern. – Ich hole zwei Gläser für den Sekt.«
Der Verleger rief: »Kein Sekt! Champagner!« Und sehr schnell, in einem andern Ton: »Was ist übrigens das französische

Wort für ›Rosenkohl‹?«
Die Frau sagte: »Choux de Bruxelles.«
Der Verleger klatschte: »Prüfung bestanden! Ich habe Ihnen nämlich den Erfahrungsbericht einer jungen Französin mitgebracht, wo naturgemäß viele solcher Ausdrücke vorkommen. Sie können morgen zu übersetzen anfangen.«
Die Frau: »Warum nicht gleich heute nacht?«
Der Verleger: »Maikäfer flieg.«
Die Frau: »Wie kommen Sie auf den Maikäfer?«
Der Verleger: »Wahrscheinlich dachte ich an die Maiglöckchen.«
Die Frau lächelte nur: »Machen Sie die Flasche auf?« Sie ging mit den Blumen in die Küche. Der Verleger rüttelte an dem Champagnerkorken; das Kind schaute zu.
Sie saßen im Wohnraum und tranken; auch das Kind trank ein wenig mit. Nach einem sehr feierlichen Anstoßen streichelte die Frau das Kind, und der Verleger sagte: »Ich hatte ohnedies in der Gegend zu tun. Einer meiner Autoren wohnt in der Nähe.

Er macht mir Sorgen; ein schwieriger Fall. Er schreibt nichts mehr, und ich fürchte, daß auch nichts mehr kommt. Der Verlag unterstützt ihn natürlich monatlich, bis zur Verantwortungslosigkeit. Ich habe ihn heute abend bedrängt, wenigstens seine Autobiographie zu verfassen – Erfahrungsberichte sind sehr gefragt. Aber er winkt nur ab; er redet mit niemandem mehr, stößt nur noch Geräusche aus. Er hat ein furchtbares Alter vor sich, Marianne, ohne Arbeit, ohne Menschen.«
Die Frau sagte seltsam heftig: »Sie wissen doch nichts von ihm. Vielleicht ist er manchmal glücklich.«
Der Verleger wandte sich an das Kind: »Jetzt zaubere ich dir den Korken da vom Tisch weg.« Das Kind schaute auf den Tisch. Der Verleger zeigte mit der einen Hand in die Luft und sagte: »Da fliegt er.« Aber das Kind blickte weiter fest auf den Korken, so daß der Verleger den Arm wieder sinken ließ.
Er sagte schnell zu der Frau: »Warum verteidigen Sie den Mann?« Die Frau kitzelte

wie als Antwort das Kind; küßte es auf den Scheitel; hob es auf die Knie; umarmte es.
Der Verleger: »Sind Sie nicht gern mit mir zusammen? Ich habe das Gefühl, Sie beschäftigen sich mit dem Kind nur so ausführlich, um nicht auf mich eingehen zu müssen. Warum spielen Sie das Mutter-Kind-Spiel? Haben Sie denn was von mir zu befürchten?«
Die Frau schob das Kind weg und sagte: »Vielleicht haben Sie recht«, und zum Kind: »Geh schlafen.«
Dieses reagierte nicht; darauf hob sie es auf und trug es weg.
Als sie allein zurückkam, sagte sie: »Stefan hat heute keine Lust zu schlafen. Der Champagner erinnert ihn an Silvester, wo er immer bis nach Mitternacht wach bleiben durfte.« Der Verleger zog die Frau zu sich herunter auf den breiten Sessel; sie ließ es wie nachsichtig geschehen.
Der Verleger fragte langsam: »Welches war Ihr Glas?«
Sie zeigte, und er nahm es: »Ich möchte jetzt aus Ihrem Glas trinken, Marianne.«

Dann roch er an ihrem Haar: »Es gefällt mir, daß Ihr Haar nur nach Haar riecht. Es ist kein Geruch, sondern wird sofort ein Gefühl. Und es gefällt mir auch, wie Sie gehen: es ist kein besonderer Gang, wie sonst bei Frauen: Sie gehen einfach nur, und das ist schön.«
Die Frau lächelte für sich, wendete sich dann zu ihm und erzählte, als ob sie jetzt Lust zu reden hätte: »Einmal war eine Frau hier, eine Dame. Sie spielte mit Stefan; der schnüffelte plötzlich an ihren Haaren und sagte: ›Du riechst!‹ Die Frau fragte ganz erschrocken: ›Nach Küche?‹ ›Nein, nach Parfum‹, sagte er – und da war die Dame ganz erleichtert.«
Nach einiger Zeit schaute der Verleger sie an und fixierte sie, als wüßte er nicht weiter. Das Kind rief nach ihr, aber sie reagierte nicht, schaute wie neugierig zurück. Der Verleger blickte an ihr herunter: »Sie haben eine Laufmasche.« Sie machte eine Handbewegung, daß ihr das gleichgültig sei, und als das Kind jetzt wieder nach ihr rief, stand sie auf, ging aber nicht sofort weg.

Indem sie sich nachher auf den alten Platz zurücksetzte, dem Verleger gegenüber, sagte sie: »Was mich an dem Haus hier stört, ist die Art, wie man abbiegen muß, um von einem Raum in den andern zu kommen: immer im rechten Winkel, noch dazu immer nach links. Ich weiß nicht, warum diese Bewegungsart mich so verdrießlich macht; sie quält mich geradezu.«
Der Verleger sagte: »Schreiben Sie doch davon, Marianne. Sonst gibt es Sie eines Tages plötzlich nicht mehr.«
Das Kind rief zum dritten Mal, und sie ging sofort zu ihm.
Der Verleger, allein, sah müde aus. Der Kopf sank ihm ein wenig zur Seite. Er straffte sich; lächelte dann, wie über sich selber, ließ es zu, daß sein Körper wieder schlaff wurde, sein Rücken krumm.
Die Frau kam zurück; blieb vor ihm stehen. Er schaute zu ihr auf. Sie legte ihm die Hand auf die Stirn; setzte sich dann ihm gegenüber. Er nahm ihre Hand, die auf dem Tisch lag, und küßte sie. Sie schwiegen lange.

Sie sagte: »Soll ich Ihnen Musik machen?«
Der Verleger schüttelte sofort leicht den Kopf, als hätte er die Frage erwartet. Sie schwiegen. Der Verleger: »Läutet bei Ihnen denn nie das Telefon?«
Die Frau: »In den letzten Tagen kaum mehr. Im Winter überhaupt ganz selten. Vielleicht im Frühjahr wieder?«
Nach einer langen Stille sagte sie: »Ich glaube, jetzt ist Stefan eingeschlafen.« Und dann: »Wenn Sie nicht sozusagen eben mein Arbeitgeber geworden wären, würde ich es wagen, Ihnen zu zeigen, wie müde ich bin.«
Der Verleger: »Und außerdem ist ja die Flasche leer.«
Er stand auf, und sie begleitete ihn zur Tür. Er nahm seinen Mantel und stand mit gesenktem Kopf; straffte sich. Plötzlich nahm sie ihm den Mantel wieder aus der Hand und sagte: »Ach trinken wir noch ein Glas. Gerade hatte ich das Gefühl, jede Minute allein entgehe einem etwas, das nie mehr nachholbar ist. Sie wissen, der Tod. Verzeihen Sie dieses Wort. Das hat mir

jedenfalls jetzt wehgetan. Ich hoffe, Sie verstehen mich nicht falsch. In der Küche ist noch eine Flasche roter Burgunder. Er ist schwer, und man schläft gut danach.«

Sie standen im Wohnraum am Fenster und tranken den roten Wein. Die Vorhänge waren nicht zugezogen; sie blickten in den Garten, wo es schneite.

Der Verleger erzählte: »Kürzlich habe ich mich von einer Freundin getrennt, auf eine so seltsame Weise, daß ich es Ihnen erzählen möchte. Wir fuhren nachts im Taxi. Ich hatte den Arm um sie gelegt, und wir schauten beide zur gleichen Seite hinaus. Es ging uns gut. Sie müssen auch noch wissen, daß es sich um ein sehr junges Mädchen handelte, kaum zwanzig Jahre alt, und ich hing sehr an ihr. Da sah ich im Vorbeifahren ganz kurz auf dem Bürgersteig einen Mann gehen. Ich konnte keine Einzelheiten an ihm erkennen, dazu war es zu dunkel auf der Straße: ich sah nur, daß der Mann eher jung war. Und plötzlich hatte ich die Vorstellung, das Mädchen neben mir würde sich bei dem Anblick dieser

Gestalt draußen bewußt, neben einem welch alten Menschen sie da umschlungen im Taxi sitze, und daß sie sich in diesem Augenblick vor mir ekeln müßte! Diese Vorstellung war solch ein Schock, daß ich sofort den Arm von ihrer Schulter nahm. Ich fuhr zwar noch mit zu ihr, ging mit ihr bis zur Haustür, aber da sagte ich ihr dann, daß ich sie nicht mehr sehen wollte. Ich brüllte sie an, sie solle verschwinden, ich hätte genug von ihr, es sei aus, und lief sofort weg. Ich bin sicher, sie weiß bis heute nicht, warum ich sie verlassen habe. Wahrscheinlich hat sie sich gar nichts gedacht bei dem Anblick des jungen Mannes auf dem Bürgersteig. Vielleicht hat sie ihn nicht einmal wahrgenommen . . .«
Er trank das Glas leer. Sie schwiegen und schauten aus dem Fenster, wo wieder die alte Frau mit dem Hund vorbeiging und sofort heraufgrüßte; sie hatte einen Regenschirm aufgespannt.
Der Verleger sagte: »Es war schön mit Ihnen, Marianne. Nein, nicht schön: anders.«

Sie gingen zur Tür. Der Verleger: »Ich werde mir erlauben, Ihr Telefon manchmal klingeln zu lassen, auch wenn es noch tiefer Winter ist.«
In der offenen Tür fragte sie ihn, der schon im Mantel war, ob er mit dem Auto gekommen sei; der Schnee wirbelte ins Haus herein. Der Verleger: »Mit einem Fahrer, ja. Er wartet im Wagen.«
Die Frau: »Sie haben ihn so lange warten lassen?«
Der Verleger: »Er ist dran gewöhnt.«
Der Wagen stand vor der Haustür; der Fahrer darin im Halbdunkel. Die Frau: »Sie haben vergessen, mir das Buch zu geben, das ich übersetzen soll.«
Der Verleger: »Es ist noch im Auto.«
Er winkte dem Fahrer, der das Buch sofort brachte.
Der Verleger überreichte es der Frau, die dann fragte: »Sie wollten mich also auf die Probe stellen?«
Der Verleger, nach einer Pause: »Nun beginnt die lange Zeit Ihrer Einsamkeit, Marianne.«

Die Frau: »Seit kurzem drohen mir alle.« Zum Fahrer, der danebenstand: »Und Sie, drohen Sie mir auch?« Der Fahrer lächelte verwirrt.
In der Nacht stand sie mit dem Buch allein im Flur; die Lichtluken über ihr in dem Flachdach knisterten vom Schnee. Sie fing zu lesen an: »Au pays de l'idéal: J'attends d'un homme qu'il m'aime pour ce que je suis et pour ce que je deviendrai.« Sie versuchte zu übersetzen: »Im Land des Ideals: Ich erwarte von einem Mann, daß er mich liebt für das, was ich bin, und für das, was ich werde.« Sie hob die Schultern.

Am hellen Tag saß sie am Tisch vor der Schreibmaschine und setzte sich eine Brille auf. Sie teilte das zu übersetzende Buch in Seiten ein, die sie täglich schaffen wollte; trug mit einem Bleistift das Datum des jeweiligen Tages ein: am Schluß des Buches war das schon ein Tag mitten im Frühling. Sie schrieb, stockend, daneben im Wörterbuch blätternd, eine Letter der Maschine mit einer Nähnadel putzend, mit einem

Tuch oft die Tasten abwischend, folgenden Text: »Bis jetzt haben alle Männer mich geschwächt. Mein Mann sagte von mir: ›Michèle ist stark.‹ In Wirklichkeit will er, daß ich stark sei für das, was ihn nicht interessiert: für die Kinder, den Haushalt, die Steuern. Aber bei dem, was mir als Arbeit vorschwebt, da zerstört er mich. Er sagt: ›Meine Frau ist eine Träumerin.‹ Wenn träumen heißt, das sein wollen, was man ist, dann will ich eine Träumerin sein.«

Die Frau blickte auf die Terrasse, wo jetzt, sich die Schuhe abklopfend, das Kind erschien, eine Schultasche in der Hand. Es trat durch die Terrassentür herein und lachte. Die Frau fragte, warum es lache.

Das Kind: »Ich habe dich noch nie mit einer Brille gesehen.«

Die Frau nahm die Brille ab; setzte sie wieder auf: »Du kommst so früh.«

Das Kind: »Heute sind wieder zwei Stunden ausgefallen.«

Während die Frau weitertippte, näherte sich das Kind und setzte sich dazu; es

gebärdete sich extra still. Die Frau hörte zu arbeiten auf, schaute vor sich hin. »Du bist hungrig, nicht wahr?« Das Kind schüttelte den Kopf. Die Frau: »Stört es dich, wenn ich was tue?« Das Kind lächelte in sich hinein.
Sie arbeitete dann im Schlafzimmer an einem Tisch am Fenster, mit Blick auf die Fichten. In der Tür erschien das Kind mit seinem dicken Freund: »Es ist so kalt draußen. Und zu Jürgen können wir nicht, da wird gerade geputzt.«
Die Frau: »Gestern wurde doch auch schon geputzt?« Das Kind zuckte die Schultern; sie wendete sich wieder der Arbeit zu.
Die Kinder blieben in der Tür stehen. Obwohl sie sich nicht rührten, merkte das die Frau und drehte sich nach ihnen um.
Später, während sie schrieb, kam aus dem Nachbarzimmer der Lärm einer Platte: Schauspielerstimmen machten kreischend Kinder und Kobolde nach. Sie stand auf und ging durch den Flur in das Zimmer; dort drehte sich auf einem kleinen Apparat die Platte, niemand war zu sehen. Sie schal-

tete das Gerät aus, und im selben Augenblick stürzten die Kinder mit Schreien hinter den Vorhängen hervor, wie um die Frau zu erschrecken; was auch, da sie zudem die Kleider getauscht hatten, gelang.
Sie sagte zu ihnen: »Hört, was ich da tue, ist eine Arbeit, auch wenn es für euch vielleicht nicht so aussieht. Es ist wichtig für mich, ein bißchen ungestört zu sein. Ich kann dabei nämlich nicht an anderes denken, wie zum Beispiel beim Kochen.«
Die Kinder schauten vor sich hin und fingen nacheinander zu grinsen an.
Die Frau: »Versteht mich, bitte.«
Das Kind: »Kochst du uns jetzt etwas?«
Die Frau senkte den Kopf; dann sagte das Kind böse: »Ich bin auch traurig, nicht nur du.«
Sie saß im Schlafzimmer vor der Schreibmaschine; ohne zu tippen. Es war still im Haus. Vom Flur her näherten sich die Kinder, flüsternd und kichernd. Auf einmal schob die Frau die Schreibmaschine zur Seite, und diese fiel zu Boden.

In einem Großeinkaufs-Markt in der Nähe stapelte sie Riesenpakete in den Großeinkaufs-Wagen, diesen von einer Abteilung der Riesenhalle zur andern schiebend, bis er übervoll war. In einer langen Reihe stand sie mit vielen Leuten an der Kasse; die Wagen der Kunden vor ihr so voll wie der ihre. Auf dem Parkplatz vor dem Großmarkt schob sie das schwere Gefährt, dessen Räder sich immer wieder querstellten, zum Auto. Sie lud das Auto voll, auch die hinteren Sitze, so daß sie nicht mehr zum Rückfenster hinausschauen konnte. Zuhause lagerte sie die Sachen im Keller, weil alle Kästen und die Tiefkühltruhe schon gefüllt waren.

In der Nacht saß sie im Wohnraum des Bungalow am Tisch und spannte ein Blatt Papier in die Maschine; saß still davor. Nach einiger Zeit legte sie die Arme auf die Maschine; dann den Kopf auf die Arme.

Später in der Nacht saß sie in der gleichen Haltung da, jetzt schlafend.

Sie wachte auf, schaltete die Lampe aus, ging aus dem Raum. Auf ihrer Wange war das Muster des Pulloverärmels. In der Siedlung waren nur noch die Straßenlaternen an.

Sie besuchten Bruno in seinem Büro in der Stadt; durch das Fenster sah man das Stadt-Panorama. Bruno saß mit ihr und dem Kind, das las, an einem Tisch in der Ecke.
Er schaute das Kind an: »Franziska meint, Stefan sei in letzter Zeit auffällig verschlossen. Außerdem wasche er sich nicht mehr. Nach ihrer Meinung deute das darauf hin, daß . . .«
Die Frau: »Und was meint Franziska noch?«
Bruno lachte; die Frau lächelte mit.
Als er die Hand nach ihr ausstreckte, zuckte sie zurück. Er sagte nur: »Marianne.« Die Frau: »Entschuldige.«
Bruno: »Ich wollte doch nur deinen Mantel näher anschauen. Da fehlt nämlich ein Knopf.«
Sie schwiegen hoffnungslos.

Bruno sagte zu dem Kind: »Stefan, ich werde dir jetzt zeigen, wie ich die Leute einschüchtere, die zu mir ins Büro kommen.« Er nahm die Frau am Arm und führte das Folgende, zwischendurch schmunzelnd das Kind anschauend, an ihr vor: »Erst einmal zwänge ich mein Opfer mit seinem Stuhl auf einen sehr engen Raum, wo es sich machtlos fühlt. Ich spreche ganz nah vor seinem Gesicht. Und wenn es ein älterer Mensch ist« – er flüsterte plötzlich –, »dann rede ich besonders leise, damit er glaubt, daß er schon taub wird. Es ist auch wichtig, bestimmte Schuhe zu tragen, solche mit Kreppsohlen wie die hier zum Beispiel: das sind Machtschuhe. Und ganz strahlend geputzt müssen sie sein! Man muß es schaffen, eine Aura von Geheimnis auszustrahlen; und das wichtigste dabei ist das Einschüchterungsgesicht.« Er setzte sich vor die Frau hin und fing zu starren an; stützte dabei den Ellbogen auf den Tisch, bei angewinkeltem Unterarm, und schloß die Finger zur Faust, nicht ganz: der Daumen blieb lose wie zum Zustechen. Während er so starrte, verzog er den Mund zur Seite und sprach in dieser Stellung: »Ich habe mir auch eine bestimmte Salbe aus Amerika kommen lassen: die tue ich mir um die Augen, sie hindert mich am Blinzeln; oder um den Mund, da verhindert sie ein Mundzucken.« Er rieb sich tatsächlich eine Salbe um die Augen: »Und das ist nun also mein Macht-Starren, mit dem ich hoffe, bald Vorstandsmitglied zu sein.« Er starrte, und Frau und Kind schauten ihn an.

Er winkte ab, stand auf und sagte zu dem Kind: »Wir gehen am nächsten Sonntag ins Gewächshaus, die fleischfressenden Pflanzen anschauen. Oder ins Planetarium! Da werden wir das Kreuz des Südens sehen, in eine Kuppel projiziert, wie am Nachthimmel – als ob wir wirklich in der Südsee wären.«

Er brachte die beiden zur Tür; dort sagte er der Frau etwas ins Ohr. Sie schaute ihn an, schüttelte dann den Kopf. Bruno sagte, nach einer Pause: »Es ist nichts geklärt, Marianne«, und ließ sie hinaus.

Allein, schlug er sich die Faust ins Gesicht.

Die Frau und das Kind traten aus dem Bürohaus auf eine stille Straße, wo sie im grellen Winternachmittagslicht geblendet die Augen schlossen. Sie gingen stadteinwärts auf einer befahrenen Straße, mit Bankgebäuden links und rechts, deren eines sich in dem andern spiegelte. An einer Ampel machte das Kind die Haltung der Figur in der Ampel nach, im Stoppen, dann im Überqueren. In der Fußgängerzone blieb es an vielen Schaufenstern stehen, während die Frau weiter vorn wartete. Sie kam jeweils zurück und zog das Kind weg. Alle paar Schritte war für die Abendausgabe einer Massenzeitung plakatiert, mit immer den gleichen Schlagzeilen. In der beginnenden Dämmerung gingen sie über eine Flußbrücke; der Verkehr war sehr stark. Das Kind redete. Die Frau bedeutete ihm, daß sie nichts hörte, und das Kind winkte ab. Sie gingen in der Dämmerung am Fluß entlang, wobei sich das Kind in einem andern Rhythmus bewegte als die

Frau: es stockte einmal, dann wieder lief es weit voraus, so daß sie entweder warten oder ihm nachlaufen mußte. Eine Zeitlang ging sie neben ihm her und machte ihm mit ihren Schritten nachdrücklich vor, daß es zügiger gehen sollte; trieb es mit stummen Gesten an. Sie stampfte mit dem Fuß auf, als es in einiger Entfernung, kaum sichtbar im Zwielicht, ein Gebüsch anstarrte; dabei brach ihr der Absatz ab. Zwei Burschen gingen ganz nah an ihr vorbei und rülpsten ihr ins Gesicht. Sie gingen in eine öffentliche Toilette am Fluß, wo sie mit dem Kind, das sich nicht allein hineinwagte, in das Männerpissoir mußte. Sie schlossen sich in eine Kabine ein; die Frau machte die Augen zu und lehnte sich mit dem Rücken an die Tür. Über der Trennwand zur Nachbarkabine – die Wand reichte nicht bis zur Decke – erschien plötzlich der Kopf eines Mannes, der nebenan hochsprang; dann noch einmal. Dann zeigte sich das grinsende Gesicht des Mannes zu ihren Füßen, da die Trennungswand auch nicht ganz zum Boden ging. Sie flüchtete mit dem Kind aus der Toilette und rannte weg, stolpernd wegen des kaputten Schuhs. Als sie an einer ebenerdigen Wohnung vorbeikamen, wo schon ein Fernseher an war, flog da gerade ein riesiger Vogel im Vordergrund durch das Bild. Eine alte Frau fiel mitten auf der Straße vornüber, auf das Gesicht. Zwei Männer, deren Autos zusammengestoßen waren, liefen aufeinander zu, und der eine versuchte den andern zu schlagen, während dieser ihn nur festhielt. Es war fast Nacht, und sie standen mitten in der Stadt, zwischen zwei Bankhochhäusern, an einer Imbißbude, wo das Kind eine Brezel aß; der Verkehrslärm war so stark, als sei eine gleichmäßige Katastrophe im Gang. Ein Mann trat gekrümmt an die Bude heran und verlangte, die Hand auf das Herz gepreßt, ein Glas Wasser, das er dann mit einer Pille schluckte. Er hockte sich hin; kauerte sich zusammen. Die Abendglocken läuteten von den Kirchen, ein Feuerwehrwagen fuhr vorbei, dann mehrere Rotkreuzwagen mit Blaulicht und Sirene. Das Licht zuckte über das Gesicht der Frau; auf ihrer Stirn waren Schweißperlen, ihre Lippen zerschrunden und ausgetrocknet.

Am späten Abend stand sie zu Hause an der langen fensterlosen Seitenwand des Wohnraums, im Halbschatten der Leselampe über dem Schreibtisch. Es war eine große Stille; fernes Hundegebell. Dann das Telefon; sie ließ es einige Male läuten. Sie meldete sich leise. Der Verleger sagte auf französisch, ihre Stimme sei so seltsam heute.

Die Frau: »Das mag daher kommen, daß ich gerade arbeite. Es ist mir aufgefallen, daß sich dabei meine Stimme verändert.«

Der Verleger: »Sind Sie allein?«

Die Frau: »Das Kind ist bei mir, wie immer. Es schläft.«

Der Verleger: »Ich bin auch allein. Es ist eine klare Nacht heute. Ich sehe bis zu den Hügeln hinauf, wo Sie wohnen.«

Die Frau: »Ich würde Sie gern am hellen Tag sehen.«

Der Verleger: »Sind Sie auch fleißig, Marianne? Oder sitzen Sie nur herum, da draußen in der Einöde?«

Die Frau: »Ich bin mit Stefan heute in der Stadt gewesen. Er versteht mich nicht: die Bankhochhäuser, die Tankstellen, die U-Bahnstationen findet er nämlich wunderbar.«

Der Verleger: »Vielleicht gibt es da wirklich eine neue Schönheit, die wir nur noch nicht sehen können. Ich liebe die Stadt auch. Von der Dachterrasse des Verlagshauses sehe ich bis zum Flughafen hin, wo in der Ferne die Flugzeuge landen und aufsteigen, ohne daß man sie hört. Das gibt ein zartes Bild, das mich im innersten belebt.«

Und nach einer Pause: »Und was werden Sie jetzt tun?«

Die Frau: »Mich schön anziehen.«

Der Verleger: »Also wollen wir uns doch treffen?«

Die Frau: »Ich werde mich schön anziehen zum Weiterarbeiten. Ich habe plötzlich Lust dazu.«

Der Verleger: »Nehmen Sie Tabletten?«

Die Frau: »Manchmal – um wachzubleiben.«
Der Verleger: »Ich will dazu lieber nichts sagen, da Sie doch jede Warnung als Drohung auffassen. Sehen Sie nur zu, daß Sie nicht auch diesen milden, traurigen Blick kriegen, den so viele meiner Übersetzer haben.«
Sie ließ ihn zuerst auflegen, holte dann aus dem Wandschrank ein langes seidenes Kleid hervor. Vor dem Spiegel probierte sie eine Perlenkette, die sie gleich wieder abnahm. Sie betrachtete sich stumm von der Seite.

Die Siedlung lag im Morgengrauen; eben gingen die Straßenlaternen aus. Die Frau saß ohne Bewegung am Schreibtisch.
Sie ging, mit geschlossenen Augen, kreuz und quer durch den Raum; dann, sich jeweils auf dem Absatz umdrehend, auf und ab. Sie bewegte sich rückwärts, sehr schnell, abbiegend, wieder abbiegend. Sie stand in der Küche vor dem mit schmutzigem Geschirr angehäuften Spülbecken. Sie

ordnete das Geschirr in die Spülmaschine, schaltete das Transistorradio auf der Anrichte an, aus dem sofort Weckmusik und muntere Sprecherstimmen gellten. Sie stellte den Apparat ab, bückte sich und öffnete die Waschmaschine; zerrte ineinander verwickelte Bündel feuchter Leintücher heraus, ließ sie am Küchenboden liegen. Sie kratzte sich heftig den Haaransatz, mit der ganzen Hand, bis sie leicht blutete.

Sie öffnete den Briefkasten vor der Haustür, der voll von Werbezetteln und Vorgedrucktem war; nichts Handschriftliches darunter, oder wenn, dann nur in Reklamebriefen nachgeahmt. Sie knüllte das Papier zusammen, zerriß es. Sie ging, Hausarbeiten verrichtend, in der Wohnung hin und her, stockend, umkehrend, sich bükkend, im Vorbeigehen irgendwo an einem Fleck kratzend, ein einzelnes Reiskorn aufhebend und zum Abfall in die Küche tragend. Sie setzte sich, stand auf, machte ein paar Schritte, setzte sich wieder. Sie nahm eine Papierrolle, die in einer Ecke lehnte, rollte sie auseinander, rollte sie wieder zusammen; stellte sie schließlich zurück, wenig neben den alten Platz.

Das dasitzende Kind schaute zu, wie sie sich ruckhaft um es herumbewegte. Sie bürstete den Sessel ab, auf dem es saß, und bedeutete ihm stumm, aufzustehen. Kaum aufgestanden, wurde es von ihr mit dem Ellbogen weggestoßen, wobei sie schon seinen Sitz säuberte, der gar nicht schmutzig war. Das Kind zog sich ein wenig zurück und blieb still, wo es war. Plötzlich warf sie mit aller Kraft die Bürste nach ihm, traf aber nur ein Glas, das zerbrach. Sie ging mit geballten Fäusten auf das Kind zu, das nur schaute.

Es läutete an der Tür: beide wollten sofort hin. Sie stieß das Kind zurück, daß es auf den Rücken fiel.

Als sie die Tür aufmachte, schien da niemand zu sein. Dann senkte sie den Blick, und dort duckte sich der dicke Freund des Kindes und grinste schief.

Sie saß starr im Wohnraum, während das Kind und sein dicker Freund laut singend von einem Stuhl auf Kissen sprangen: »Die Scheiße springt auf die Pisse, und die Pisse springt auf die Scheiße, und die Scheiße springt auf die Spucke . . .« Dabei kreischten sie und bogen sich vor Lachen; flüsterten einander ins Ohr, schauten die Frau an, zeigten auf sie und lachten wieder. Sie hörten nicht auf; die Frau reagierte nicht.

Sie saß an der Schreibmaschine. Das Kind kam auf Zehenspitzen dazu und lehnte sich an sie. Sie stieß es mit der Schulter weg, aber es blieb neben ihr stehen. Die Frau zog es an sich heran und würgte es plötzlich; schüttelte es; ließ es los und schaute nur weg.

In der Nacht saß die Frau am Tisch; sie weinte, ohne Laut, ohne Bewegung.

Am Tag ging sie draußen auf einer geraden Straße in einer ebenen, baumlosen, zugefrorenen Landschaft. Sie ging immer weiter, immer geradeaus. Sie ging noch so, als es schon dunkel wurde.

Im Kino des kleinen Ortes saß sie im Saal, die beiden Kinder neben sich, bei dem Katastrophengelärme eines Zeichentrickfilms. Es fielen ihr die Augen zu. Sie nickte ein, weckte sich wieder. Dann sank ihr der Kopf auf die Schulter des Kindes, das mit offenem Mund weiter den Film anschaute. Sie schlief so, den Kopf auf der Schulter des Kindes, bis zum Ende des Films.

In der Nacht stand sie vor der Schreibmaschine und las sich vor, was sie geschrieben hatte: »›Und niemand hilft Ihnen?‹ fragte der Besucher. – ›Nein‹, antwortete sie. ›Der Mann, von dem ich träume, das wird der sein, der in mir die Frau liebt, die nicht mehr von ihm abhängig ist.‹ – ›Und was werden Sie an ihm lieben?‹ – ›Diese Art Liebe.‹« Sie hob wieder die Achseln; streckte plötzlich die Zunge heraus.

Sie lag im Bett, mit offenen Augen. Auf dem Nachttisch daneben waren ein Glas

Wasser und ein Schnappmesser. Draußen wurde heftig an die Jalousie geschlagen. Sie ließ das Messer aufspringen, stand auf und zog sich einen Morgenmantel an. Es war Brunos Stimme: »Mach sofort auf, oder ich trete die Tür ein. Mach auf, oder ich sprenge das Haus in die Luft!« Sie legte das Messer weg, schaltete Licht an, öffnete die Tür zur Terrasse und ließ Bruno herein. Er war im offenen Mantel und Hemd. Sie standen einander gegenüber; gingen durch den Flur in den Wohnraum, wo Licht brannte. Dort standen sie einander wieder gegenüber.

Bruno: »Du läßt nachts das Licht an.« Er schaute um sich: »Umgeräumt hast du auch.« Er nahm ein paar Bücher in die Hand: »Ganz andre Bücher sind das jetzt.« Er näherte sich der Frau: »Du hast wahrscheinlich auch die Toilettentasche nicht mehr, die ich dir aus dem Fernen Osten mitgebracht habe.« Die Frau: »Willst du nicht den Mantel ablegen? – Möchtest du ein Glas Wodka?«

Bruno: »Dann sag doch gleich Sie zu mir.«

Nach einer Pause: »Und du? Hast du schon Krebs?«
Die Frau antwortete nicht.
Bruno: »Ist es gestattet, hier zu rauchen?«
Er setzte sich, während sie stehenblieb.
Bruno: »Du läßt es dir also gutgehen, allein mit DEINEM Sohn, in einem schönen warmen Haus mit Garten und Garage, in der guten Luft! Wie alt bist du eigentlich? Bald wirst du einen faltigen Hals haben, und aus deinen Leberflecken werden Haare wachsen. Dünne Froschbeine, und der Körper darüber ein Plundersack. Älter und älter wirst du werden und sagen, daß dir das nichts ausmacht, und eines Tages wirst du dich aufhängen. Du wirst so unbeleckt ins Grab abstinken, wie du gelebt hast. Wie vergeht dir denn die Zeit bis dahin? Wahrscheinlich sitzt du herum und beißt an den Fingernägeln, nicht wahr?«
Die Frau: »Schrei nicht, das Kind schläft.«
Bruno: »Du sagst ›das Kind‹ – als ob es für mich keinen Namen mehr haben dürfte! Und immer vernünftig bist du! Ihr Frauen mit eurer mickrigen Vernünftigkeit! Mit

eurem brutalen Verständnis für alles und jeden! Und nie ist euch langweilig, euch Taugenichtsen. Ganz begeistert sitzt ihr herum und laßt die Zeit vergehen. Weißt du, warum nie was aus euch werden kann? Weil ihr euch nie allein betrinkt! Wie eitle Fotos von euch selber lümmelt ihr in euren wohlaufgeräumten Wohnungen. Geheimnistuer seid ihr, quiekend vor Nichtigkeit, patente Kameraden, die andre ersticken mit ihrer stumpfsinnigen Menschlichkeit, Entmündigungsmaschinen für alles Lebendige. Am Boden schnüffelnd, krabbelt ihr kreuz und quer, bis euch der Tod den Mund aufreißt.« Er spuckte zur Seite: »Du und dein neues Leben! Ich habe noch nie eine Frau gesehen, die ihr Leben auf die Dauer geändert hat. Nichts als Seitensprünge – danach wieder die alte Leier. Weißt du was? Das, was du jetzt tust, wirst du später als vergilbte Zeitungsausschnitte durchblättern, als einziges Ereignis in deinem Leben! Und dabei wird dir klar werden, daß du nur der Mode nachgelaufen bist: Mariannes Wintermode!«

Die Frau: »Das hast du dir vorher ausgedacht, nicht wahr? Du willst gar nicht mit mir reden, gar nicht mit mir sein.«
Bruno schrie: »Lieber spräche ich mit einem Gespenst!«
Die Frau: »Du siehst furchtbar traurig aus, Bruno.«
Bruno: »So was sagst du doch nur, um mich zu entwaffnen.«
Sie schwiegen lange. Dann lachte Bruno; er drehte sich weg, faßte sich gleich wieder: »Ich bin zu Fuß hierhergekommen. Ich wollte dich zerstören.« Die Frau näherte sich ihm, und er sagte: »Rühr mich nicht an. Bitte, rühr mich nicht an.« Nach einer Pause: »Manchmal glaube ich, du machst nur einen Versuch mit mir; das, was sich ereignet, soll mich auf die Probe stellen. Dieser Gedanke beruhigt mich ein wenig.« Nach einer Pause: »Gestern habe ich mir einmal gedacht, es wäre ab und zu ganz freundlich, wenn es einen Gott gäbe.«
Die Frau schaute ihn lange an und sagte: »Du hast dir ja den Bart abrasiert.«

Bruno winkte ab: »Schon vor einer Woche. – Und du hast neue Vorhänge.«
Die Frau: »Aber nein, es sind doch die alten. – Stefan würde sich freuen, wenn du ihm einmal schriebest.«
Bruno nickte, und die Frau lächelte.
Er fragte sie, warum sie lache.
Sie sagte, es sei ihr nur gerade aufgefallen, daß er seit Tagen der erste Erwachsene sei, mit dem sie redete.
Nachdem beide lange, mit kleinen Gesten, die jeder für sich machte, dagestanden waren, fragte Bruno, wie es ihr gehe.
Die Frau erwiderte, als ob sie gar nicht von sich spräche, ganz ruhig: »Man wird leicht müde, in einer Wohnung, allein.«
Sie begleitete ihn auf die Straße. Sie gingen nebeneinander her bis zur Telefonzelle. Plötzlich blieb Bruno stehen und legte sich auf die Erde, mit dem Gesicht nach unten. Sie hockte sich neben ihn.

Am kalten Vormittag saß die Frau im Schaukelstuhl auf der Terrasse, ohne zu schaukeln. Das Kind stand neben ihr und betrachtete die Atemwolken, die aus seinem Mund kamen. Die Frau schaute in die Ferne; im Fenster hinter ihr waren die Fichten gespiegelt.

Am Abend in dem kleinen Ort ging sie durch fast leere Straßen, wie auf ein Ziel zu. Vor einem großen ebenerdigen, beleuchteten Fenster hielt sie an. Drinnen saß eine Gruppe von Frauen in einer Art Schulraum mit Tafel, wo Franziska gerade mit Kreide einen volkswirtschaftlichen Ablauf aufzeichnete, ohne daß man sie hörte. Die Hefte wurden zugeklappt, und Franziska gesellte sich zu den andern. Sie sagte etwas, worauf die andern lachten, nicht laut heraus, eher in sich gekehrt. Zwei Frauen hatten die Arme umeinander gelegt. Eine rauchte Pfeife. Eine andere wischte der Nachbarin gerade etwas von der Wange. Franziska hörte zu reden auf, und ein paar Frauen hoben die Hand. Franziska zählte ab, und dann hoben ein paar andre Frauen die Hand. Schließlich klopften alle wie zum Beifall auf die Tische. Das

Bild der Frauen schien friedlich: als sei es keine Gruppe, sondern als seien es Einzelne, die aus Bedürfnis sich einander zuwandten.
Die Frau entfernte sich vom Fenster. Sie ging in der leeren kleinen Stadt. Die Kirchturmuhr schlug. Als sie an der Kirche vorbeikam, wurde darin gesungen, und die Orgel spielte.
Sie betrat die Kirche und stellte sich seitlich abseits. Mehrere Leute standen zwischen den Bänken und sangen dem Priester nach; dazwischen hustete jemand. Ein Kind saß unter den Stehenden, den Daumen im Mund. Die Orgel brauste. Nach einiger Zeit ging die Frau hinaus.
Sie bewegte sich in der nächtlichen Allee auf die Siedlung zu und machte dabei Gesten, als ob sie mit sich selber spräche.
In der Nacht stand sie allein in der Küche und trank ein Glas Wasser leer.

Am hellen Mittag saßen die Frau und Franziska, gut zugedeckt beide, nebeneinander auf der Terrasse in zwei Schaukelstühlen.

Sie schauten den Kindern zu, die den trokkenen Christbaum zerhackten und ein Feuer damit machten.
Nach einiger Zeit sagte Franziska: »Ich verstehe ja, daß du nicht zu uns hereinkommen konntest. Auch ich erlebe manchmal Augenblicke, vor allem, wenn ich dabei bin, von der stillen Wohnung zu den Treffen zu gehen, wo ich plötzlich todmüde werde vor Unlust, in Gesellschaft zu sein . . .«
Die Frau: »Ich warte auf dein Aber.«
Franziska: »Früher ging es mir auch so wie dir. Ich konnte zum Beispiel eines Tages nicht mehr sprechen. Ich verständigte mich, indem ich auf Zettel schrieb. Oder ich stand stundenlang vor dem offenen Schrank und weinte, weil ich nicht wußte, was ich anziehen sollte. Einmal war ich mit einem Freund auf dem Weg irgendwohin und ging plötzlich nicht mehr weiter. Ich stand da, und er redete auf mich ein. Damals war ich freilich noch viel jünger . . . Hast du denn kein Verlangen nach Glück, mit anderen zusammen?«

Die Frau: »Nein. Ich möchte nicht glücklich sein, höchstens zufrieden. Ich habe Angst vor dem Glück. Ich glaube, ich würde es nicht aushalten, da im Kopf. Ich würde wahnsinnig werden für immer, oder sterben. Oder ich würde jemanden ermorden.«
Franziska: »Willst du denn dein Leben lang so allein bleiben? Gibt es keine Sehnsucht nach einem Menschen, der mit Leib und Seele dein Freund wäre?«
Die Frau rief: »O ja. O ja. – Aber ich möchte nicht wissen, wer er ist. Auch wenn ich immer mit ihm zusammen wäre, wollte ich ihn nie kennenlernen. Nur eins hätte ich gern« – sie lächelte wie über sich – »daß er ungeschickt wäre, ein rechter Tölpel; ich weiß selber nicht, warum.« Sie unterbrach sich: »Ach Franziska, ich rede wie eine Heranwachsende.«
Franziska: »Aber ich habe eine Erklärung für den Tölpel! Ist nicht auch dein Vater so einer? Als er mir bei seinem letzten Besuch über den Tisch weg die Hand gab, griff er dabei gleich in das Senffaß.«

Die Frau lachte, und das spielende Kind schaute, als sei das bei der Mutter ungewohnt, zu ihr herüber.
Franziska: »Er kommt übrigens heute nachmittag mit der Bahn. Ich habe ihn in einem Telegramm gebeten zu kommen. Er erwartet, daß ihr ihn abholt.«
Die Frau sagte, nach einer Pause: »Das hättest du nicht tun sollen. Ich will niemanden im Moment. In Gesellschaft wird alles so harmlos.«
Franziska: »Mir scheint, daß du andere Menschen inzwischen nur noch als fremde Geräusche in der Wohnung erlebst.«
Sie legte der Frau die Hand auf den Arm.
Die Frau sagte: »In dem Buch, das ich gerade übersetze, kommt ein Baudelaire-Zitat vor: die einzige politische Handlung, die er verstehe, sei die Revolte. Dabei dachte ich plötzlich: die einzige politische Handlung, die ich verstehe, ist der Amoklauf.«
Franziska: »Das kennt man doch sonst nur von Männern.«
Die Frau: »Wie geht es dir übrigens mit Bruno?«

Franziska: »Bruno ist jemand, der wie gemacht scheint zum Glücklichsein. Deswegen ist er jetzt so fassungslos. Und so theatralisch! Er geht mir auf die Nerven. Ich werde ihn hinauswerfen.«
Die Frau: »Ach Franziska. Das sagst du von allen. Und immer bist du die Verlassene.«
Franziska antwortete nach einiger Zeit, nachdem sie zu ein paar Protestbewegungen angesetzt hatte, überrascht: »Eigentlich hast du recht!«
Sie blickten einander an. Dann rief die Frau den Kindern zu, die, wie verfeindet, voneinander abgewendet standen – der dicke Junge eher traurig –: »He Kinder, keine Feindschaft heute!«
Der dicke Junge lächelte erlöst, und die beiden bewegten sich, wenn auch mit gesenkten Köpfen, auf Umwegen wieder aufeinander zu.

Die Frau und das Kind warteten am Sackbahnhof des kleinen Ortes. Nach der Einfahrt des Zuges winkte der Vater, ein blasser alter Mann mit Brille, hinter einem Fenster. Er war vor vielen Jahren ein erfolgreicher Schriftsteller gewesen, der nun die Durchschläge kleiner Skizzen und Schnurren an Zeitungen schickte. Beim Aussteigen bekam er die Waggontür nicht auf, und die Frau öffnete sie von außen und half ihm auf den Bahnsteig herunter. Sie betrachteten einander und freuten sich schließlich. Der Vater hob die Schultern, schaute in verschiedene Richtungen, wischte sich die Lippen ab und sagte, daß seine Hände vom Metall im Zug schlecht röchen.

Zu Hause saßen er und das Kind am Boden, das sich die für es bestimmten Geschenke aus der Reisetasche holte: einen Kompaß, ein Würfelspiel. Es zeigte auf verschiedene Gegenstände draußen und drinnen und fragte jeweils nach der Farbe. Der Großvater antwortete oft falsch. Das Kind: »Du bist immer noch farbenblind?« Der Großvater: »Ich habe nur nie gelernt, Farben zu sehen.« Die Frau kam dazu mit einem silbernen Tablett, auf dem hellblaues

Geschirr stand. Der Tee dampfte beim Eingießen, und der Vater wärmte sich an der Kanne die Hände. Während er saß, waren ihm Münzen und ein Schlüsselbund aus der Tasche gefallen. Die Frau hob die Sachen auf: »Jetzt hast du schon wieder Geld lose in allen Taschen.« Der Vater: »Deine Börse habe ich gleich damals auf der Heimfahrt verloren.«

Während sie tranken, erzählte er: »Kürzlich erwartete ich Besuch. Als ich aufmachen ging, sah ich sofort, daß der Besucher von Kopf bis Fuß vom Regen tropfte. Dabei hatte ich gerade die Wohnung geputzt! Während ich ihn nun hereinließ und ihm die Hand schüttelte, merkte ich, daß ich dabei auf der Fußmatte stand und mir eifrigst die Schuhe abstreifte, als sei ich der nasse Besucher.« Er kicherte.

Die Frau: »Du fühlst dich immer noch so oft ertappt?«

Der Vater hielt sich kichernd die Hand vor den Mund: »Am peinlichsten wird es sein, mit offenem Mund auf dem Totenbett zu liegen.«

Er verschluckte sich am Tee.
Die Frau sagte dann: »Du wirst heute nacht in Brunos Zimmer schlafen, Vater.«
Der Vater antwortete: »Ich fahre ohnehin morgen.«

Am Abend im Wohnraum schrieb die Frau; der Vater saß weiter weg bei einer Flasche Wein und sah ihr zu. Dann näherte er sich ihr; sie schaute auf, nicht gestört. Er beugte sich zu ihr: »Ich merkte gerade, daß dir an der Jacke ein Knopf fehlt.« Sie zog die Jacke aus und reichte sie ihm.
Während sie weitertippte, nähte er ihr mit Nadel und Zwirn aus einem Hotelnähbriefchen den Knopf an. Er blickte wieder zu ihr hin. Sie merkte es und schaute ihn fragend an. Er entschuldigte sich und sagte dann: »Du bist so schön geworden, Marianne!« Sie lächelte.
Sie beendete ihre Arbeit; korrigierte noch ein wenig. Der Vater versuchte vergebens, eine neue Weinflasche zu öffnen. Sie kam ihm zu Hilfe. Er ging in die Küche, um auch ihr ein Glas zu holen. Sie rief ihm

nach und erklärte, wo die Gläser seien; es war dann aber nur ein langes Rumoren zu hören, dann Stille, und sie folgte ihm schließlich, um ihm zu helfen.

Sie saßen einander gegenüber und tranken. Der Vater machte ein paar Gesten. Die Frau sagte: »Sprich doch. Dazu bist du ja gekommen. Oder?«

Der Vater gestikulierte wieder, winkte ab: »Wollen wir nicht ein bißchen hinaus?« Er zeigte in verschiedene Richtungen, erzählte dann: »Als du ein Kind warst, wolltest du nie mit mir spazieren gehen. Wenn ich nur das Wort ›Spaziergang‹ gebrauchte, wurdest du unlustig. Aber zu einem ›*Abend*spaziergang‹ warst du sofort bereit.«

Sie gingen in der Nacht auf der Zufahrtsstraße an den Garagen vorbei, wo noch hin und wieder die Kühlerhauben der Autos knackten, in Richtung der Telefonzelle. Davor sagte der Vater: »Ich muß schnell anrufen.« Die Frau: »Das kannst du doch bei mir.« Der Vater sagte nur: »Meine Gefährtin wartet!« und war schon in der Zelle. Er telefonierte, undeutlich hinter dem gerippten Glas, mit vielen Bewegungen.

Sie gingen hügelan, an der schlafstillen Siedlung vorbei, aus der man nur einmal eine Klosettspülung rauschen hörte.

Die Frau: »Was sagt sie denn, deine Gefährtin?«

Der Vater: »Sie wollte wissen, ob ich meine Kapseln schon eingenommen hätte.«

Die Frau: »Ist es noch dieselbe wie letztes Jahr?«

Der Vater machte ein paar Gesten: »Die jetzige lebt in einer anderen Stadt.«

Sie gingen am oberen Rand der Siedlung, wo der Wald anfing. Es schneite in kleinen Flocken, die raschelnd zwischen die trokkenen Eichenblätter fielen und sich auf der Straße sammelten auf den zugefrorenen Lachen von Hunde-Urin.

Sie blieben stehen und schauten auf die Lichter in der Ebene. In einem der Schachtelhäuser zu ihren Füßen fing jemand an, Klavier zu spielen: »Für Elise.«

Die Frau fragte: »Bist du zufrieden, Vater?«
Der Vater schüttelte den Kopf und sagte dann, als ob eine Geste als Antwort nicht genüge: »Nein.«
Die Frau: »Und hast du eine Vorstellung, wie man leben könnte?«
Der Vater: »Ach hör doch auf damit.«
Sie gingen am Waldrand entlang weiter; die Frau hob manchmal das Gesicht, und die Schneeflocken fielen darauf. Sie schaute in den Wald hinein, wo nichts sich bewegte, so leicht fiel der Schnee. Weit hinter den schütter gesetzten Bäumen schimmerte ein Wasserbassin, in das dünn Wasser lief und innen hell widerhallte.
Die Frau fragte: »Schreibst du noch immer?«
Der Vater lachte: »Du willst fragen, ob ich bis an mein Lebensende weiterschreiben werde, nicht wahr?« Er wandte sich zu ihr: »Ich glaube, ich habe irgendwann einmal angefangen, in die falsche Richtung zu leben – ohne daß ich dafür den Krieg verantwortlich mache oder andere äußere Umstände. Wie eine Ausrede kommt mir in-

zwischen manchmal das Schreiben vor« – er kicherte – »manchmal natürlich auch wieder nicht. Ich bin so sehr allein, daß es am Abend vor dem Einschlafen oft niemanden gibt, über den ich nachdenken könnte, einfach, weil ich tagsüber mit niemandem zusammen war. Und wie soll man schreiben, wenn man niemanden zum Nachdenken hat? Andrerseits treffe ich mich zum Beispiel mit jener Frau vor allem, um im Fall des Falles beizeiten gefunden zu werden und nicht zu lange als Leichnam herumzuliegen.« Er kicherte.

Die Frau: »Laß deine Neckereien.«

Der Vater machte Gesten, zeigte dann in den Wald hinauf: »Von dem Berg dahinter sieht man gar nichts.«

Die Frau: »Weinst du manchmal?«

Der Vater: »Einmal, ja – vor einem Jahr, als ich so am Abend in der Wohnung saß. Und nachher hatte ich Lust auszugehen!«

Die Frau: »Vergeht dir die Zeit noch so schwer wie in deiner Jugend?«

Der Vater: »Oh, schwerer denn je. Jeden Tag einmal bleibe ich sozusagen in ihr stecken. Zum Beispiel, jetzt: Es ist doch schon seit Stunden dunkel, und ich muß immer daran denken, daß die Nacht erst noch anfängt.«
Er drehte die Arme um den Kopf herum.
Die Frau machte ihm diese Geste nach und fragte, was sie bedeute.
Der Vater: »Ich habe mir gerade dicke Tücher um den Kopf gewickelt, bei der Vorstellung von der langen Nacht.«
Er kicherte nicht mehr, lachte frei heraus: »Und du wirst auch so enden wie ich, Marianne. Eine Bemerkung übrigens, mit der der Zweck meiner Mission hier erfüllt ist.«
Sie lächelten, und die Frau sagte: »Es wird kalt, nicht wahr?«
Sie gingen an der anderen Seite der Siedlung den Hang hinab. Der Vater stockte einmal und hob den Zeigefinger. Die Frau drehte sich im Gehen nach ihm um und sagte nur: »Bleib doch nicht immer stehen, wenn dir etwas einfällt, Vater. Das ist mir

schon als Kind an dir auf die Nerven gegangen.«

Am nächsten Tag gingen sie durch die Frauenkleiderabteilung eines großen Warenhauses in einem benachbarten Einkaufszentrum. Eine Verkäuferin sagte zu einer Ausländerin, die mit einem grünen Kostüm aus der Umkleidekabine kam und nur dastand: »Das paßt Ihnen ausgezeichnet.« Der Vater trat dazu und sagte: »Aber das ist doch nicht wahr. Das Kleid ist scheußlich. Es steht ihr überhaupt nicht.« Die Frau kam schnell herzu und zog den Vater weiter.
Sie fuhren auf einer Rolltreppe, an deren Ende er stolperte. Im Weitergehen, sie anschauend, sagte er: »Ich muß jetzt unbedingt uns beide fotografiert sehen. Gibt es einen Automaten hier?« Als sie vor dem Fotoautomaten ankamen, war da gerade ein Mann beschäftigt, die Entwicklerflüssigkeit auszuwechseln. Der Vater beugte sich zu den Beispielfotos, die außen an dem Apparat angebracht waren: sie zeigten

viermal untereinander einen jugendlichen Menschen, der die Oberlippe zum Lächeln über die Zähne zog; auf einem der Bilder war auch ein Mädchen dabei. Der Vater betrachtete den Herrn mit der Entwicklerflüssigkeit, der den Kasten schloß und sich aufrichtete; zeigte dann wie überrascht auf die Fotos: »Das sind doch Sie, nicht wahr?«

Der Mann stand neben seinen Fotos: er war inzwischen viel älter, fast kahl und lächelte auch anders. Er nickte nur. Der Vater fragte nach dem Mädchen, doch der Mann machte nur eine Handbewegung, als ob er etwas hinter sich werfe, und entfernte sich.

Nach dem Fotografieren gingen sie wartend in der Nähe herum; der Vater blieb vor vielen Sachen stehen. Als sie zurück beim Automaten waren, kam gerade ein Fotostreifen heraus. Die Frau griff danach; aber es war ein ganz fremder Mann auf den Fotos.

Sie blickte sich um: der Abgebildete stand da und sagte: »Ihre Fotos sind schon lange fertig; ich habe mir erlaubt, sie anzuschauen. Entschuldigen Sie.« Sie tauschten die Fotos aus. Der Vater betrachtete den Mann lange und sagte: »Sie sind doch Schauspieler, nicht wahr?«

Der Mann nickte stumm und schaute weg: »Aber im Moment bin ich arbeitslos.«

Der Vater: »Sie genieren sich immer für das, was Sie zu sagen haben. Dadurch wird es erst recht peinlich.«

Der Mann lachte und schaute wieder weg.

Der Vater: »Sind Sie privat auch so feig?«

Der Mann, erst lachend und wegschauend, blickte schnell wieder zurück.

Der Vater: »Ihr Fehler ist, glaube ich, daß Sie immer etwas von sich selbst für sich behalten. Für einen Schauspieler sind Sie zu wenig unverschämt. Sie wollen eine Figur sein wie in diesen amerikanischen Filmen und setzen sich doch nie aufs Spiel. Deswegen posieren Sie nur.«

Der Mann schaute die Frau an, die aber nicht einschritt.

Der Vater: »Ich bin der Meinung, Sie sollten einmal richtig rennen lernen, richtig schreien, den Mund aufreißen. Ich habe beobachtet, daß Sie nicht einmal, wenn Sie gähnen, wagen, den Mund ganz aufzumachen.« Er boxte ihn in den Magen, und der Mann krümmte sich. »Trainiert sind Sie auch nicht. Wie lange sind Sie denn schon ohne Arbeit?«
Der Mann: »Ich zähle die Tage gar nicht mehr.«
Der Vater: »Machen Sie in Ihrem nächsten Film ein Zeichen, daß Sie mich verstanden haben!«
Der Mann haute sich die Faust in den Handteller. Der Vater machte die Geste nach: »Genau das ist es!« Er ging weg und rief dabei zurück: »Sie sind ja noch gar nicht entdeckt! Ich freue mich, Sie von Film zu Film älter werden zu sehen.«
Der Schauspieler und die Frau sahen dem Vater nach, gaben dann einander zum Abschied die Hand und zuckten gleichzeitig zurück von einem leichten elektrischen Schlag.

Die Frau sagte: »Im Winter wird alles elektrisch.«
Sie wollten sich trennen, merkten dann aber, daß sie dieselbe Richtung hatten; so gingen sie schweigend nebeneinander her. Vor dem Parkplatz, wo sie den Vater einholten, verabschiedeten sie sich mit einem Kopfnicken noch einmal, gingen jedoch wieder gemeinsam weiter, weil ihre Autos, wie sich zeigte, fast nebeneinander standen.
Fahrend sah die Frau, wie der Mann sie überholte; er schaute geradeaus; sie bog ab.

Sie stand mit dem Vater und dem Kind am Bahnhof. Als der Zug einfuhr, sagte sie: »Es hat mir gutgetan, daß du hier warst, Vater.« Sie wollte weiterreden, stotterte aber nur. Der Vater machte verschiedene Gesten und sagte plötzlich zu dem Kind, das die Reisetasche anhob: »Du weißt, daß ich immer noch nicht die Farben unterscheide. Aber du mußt wissen, daß es auch noch etwas anderes gibt, das ich immer noch nicht tue: obwohl ich bald ein Greis

genannt werden kann, gehe ich zu Hause nicht in Hausschuhen, und darauf bin ich fast stolz!« Er stieg sehr behende, ohne zu stolpern, rückwärts das Trittbrett hinauf und verschwand im Zug, der schon anfuhr. Das Kind sagte: »Er ist ja gar nicht so ungeschickt.« Die Frau: »Er hat immer nur so getan.«
Sie standen auf dem leeren Bahnsteig – der nächste Zug würde erst wieder in einer Stunde einfahren – und blickten sich um nach dem sehr langsam ansteigenden Berg hinter der Ortschaft. Die Frau sagte: »Morgen gehen wir da hinauf! Ich war noch nie oben.« Das Kind nickte. Die Frau: »Aber wir werden nicht trödeln dürfen. Die Tage sind noch sehr kurz. Nimm den Kompaß mit.«

Am Spätnachmittag waren sie in einem Freilichtzoo in der Nähe, unter vielen Leuten, die sich stumm durch das Gehege bewegten; nur in einem Spiegelkabinett standen welche und lachten. Die Sonne sank, und die meisten Besucher gingen schnell dem Ausgang zu. Die Frau und das Kind standen an einem Käfig und schauten. Es dämmerte; es wurde windig, und sie waren fast allein. Die Frau saß am Rand einer Betonfläche, auf der das Kind mit einem Elektroauto im Kreis fuhr.

Die Frau stand auf, und das Kind rief: »Es ist so schön hier. Ich möchte noch nicht nach Hause.« Die Frau: »Ich auch nicht. Ich bin nur aufgestanden, weil es so schön ist.«

Sie betrachtete den am unteren Rand noch gelben westlichen Himmel, vor dem die blattlosen Zweige besonders kahl erschienen. Der Wind trieb plötzlich von irgendwoher einige trockene Blätter über die Betonpiste, wie aus einer anderen Jahreszeit.

Sie kamen in der Dunkelheit vor ihrer Haustür an. Im Briefkasten war ein Brief. Die Frau las die Adresse und gab ihn dem Kind. Sie steckte den Schlüssel in das Haustürschloß, sperrte aber nicht auf. Das Kind wartete; sagte schließlich: »Wollen wir nicht hinein?«

Die Frau: »Ach bleiben wir doch noch ein bißchen im Freien!«
Sie standen lange vor der Haustür. Ein Mann mit einem Aktenköfferchen ging an ihnen vorbei und schaute sich immer wieder nach ihnen um.

Am Abend, während die Frau in der Küche das Essen zubereitete und zwischendurch in den Wohnraum lief, um ihr Manuskript zu korrigieren, las sich das Kind selber halblaut den Brief vor: »Lieber Stefan! Gestern habe ich dich gesehen, wie du von der Schule nach Hause gingst. Ich fuhr in einer Schlange und konnte schlecht anhalten. Du hattest deinen dicken Freund im Schwitzkasten.« An dieser Stelle lächelte das lesende Kind. »Manchmal glaube ich, daß es Dich nie gegeben hat. Ich möchte Dich bald sehen und« – hier zog das lesende Kind die Brauen zusammen – »an Dir schnüffeln . . .«

In der Nacht saß die Frau allein im Wohn-

raum und hörte Musik, immer wieder dieselbe Platte:
»The Lefthanded Woman«.

Sie kam mit andern aus einem
Untergrundschacht
Sie aß mit andern in einem Schnellimbiß
Sie saß mit andern in einem Waschsalon
aber einmal habe ich sie allein vor einem
Zeitungsaushang stehen sehen

Sie kam mit andern aus einem Büroturm
Sie drängte mit andern an einen
Marktstand
Sie saß mit andern um einen Sandspielplatz
aber einmal habe ich sie durch ein Fenster
allein schachspielen sehen

Sie lag mit andern auf einem Parkrasen
Sie lachte mit andern in einem
Spiegelkabinett
Sie schrie mit andern auf einer Achterbahn
Und dann sah ich sie allein nur noch durch
meine Wunschträume gehen

Aber heute in meinem offenen Haus:
der Telefonhörer auf einmal andersherum
der Bleistift links neben dem Notizblock
daneben die Teetasse mit dem Henkel nach links
daneben der andersherum geschälte Apfel (nicht zu Ende geschält)
Die Vorhänge von links aufgezogen
Und die Haustürschlüssel in der linken Jackentasche
Du hast dich verraten, Linkshänderin!
Oder wolltest du mir ein Zeichen geben?

Ich möchte dich IN EINEM FREMDEN ERDTEIL *sehen*
Denn da werde ich dich unter den andern endlich allein sehen
Und du wirst unter tausend andern MICH *sehen*
Und wir werden endlich aufeinander zugehen

Am Morgen traten die Frau und das Kind, nicht auffällig für den Berg gekleidet, der nicht sehr hoch war, aus dem Haus. Sie

gingen durch die Gassen an den andern Bungalows vorbei; blieben einmal an einer der fast überall fensterlosen Fronten stehen, vor einer braunen Tür, neben der links und rechts zwei schwarzstielige Laternen angebracht waren, als sollten sie einen riesigen Sarkophag verzieren.
Sie gingen auf einem sanft ansteigenden Waldweg, wo die Sonne nur als düsteres Licht durchschien. Vom Weg abbiegend, kletterten sie einen Hang hinauf, kamen an einem Fischteich vorbei, aus dem während des Winters das Wasser abgelassen war. Sie hielten vor einem Judenfriedhof mitten im Wald, wo die Steine halb in der Erde versunken waren. Weiter oben sirrte der Wind, in einem sehr hohen Ton, der fast den Ohren wehtat. Der Schnee wurde jetzt rein weiß, während weiter unten noch Rußkörner darauf gelegen hatten; statt Hundespuren jetzt Spuren von Rehen.
Sie stiegen durch Unterholz bergan. Die Vögel sangen von überall her. Schmelzwasser rann laut in einem kleinen Bach. Von den Stämmen der Eichen wuchsen dünne

Zweige heraus, an denen sich die einzelnen trockenen Blätter bewegten; von den Birkenstämmen hingen in Streifen weiße Rindenhäute und zitterten.

Sie durchquerten eine Lichtung, wo am Rand sich Rehe aneinanderdrängten; aus dem nicht sehr hohen Schnee schauten noch welke Grasspitzen und bogen sich im Wind.

Je höher sie stiegen, desto heller wurde es. Ihre Gesichter waren zerkratzt und verschwitzt. Oben – der Weg war nicht sehr lang gewesen – ließen sie sich im Windschatten eines Findlingsteins nieder und machten aus trockenem Reisig ein Feuer.

Es war früher Nachmittag; sie saßen am Feuer und schauten in die Ebene hinab, wo es in der Sonne ab und zu von einem Auto blinkte; das Kind hatte den Kompaß in der Hand. Einmal flammte unten eine Stelle hell und weit und erlosch nach einiger Zeit wieder: ein geöffnetes Fenster unter vielen geschlossenen.

Es war so kalt, daß die vom Feuer aufsteigenden Rauchwolken, kaum aus dem

Windschatten heraus, sofort in Flocken aufgelöst wurden und auch schon verschwanden. Sie aßen Kartoffeln, die sie in einem kleinen Sack mitgenommen und in der Glut gebraten hatten, tranken heißen Kaffee aus der Thermosflasche. Die Frau wandte sich dem Kind zu, das bewegungslos in die Ebene schaute. Sie streichelte es leicht am Rücken, und als ob das jetzt das Nächstliegende gewesen sei, lachte es.

Sie sagte nach einiger Zeit: »Einmal bist du so am Meer gesessen und hast stundenlang die Wellen angeschaut. Erinnerst du dich?«

Das Kind: »Natürlich. Es wurde schon finster, aber ich habe nicht weggehen wollen. Ihr wart ärgerlich, weil ihr nicht ins Hotel konntet. Du hattest ein grünes Kleid an und eine weiße Bluse mit Spitzenmanschetten; dazu den breiten Hut, den du festhalten mußtest, weil so ein Wind war. An diesem Meer gab es keine Muscheln, nur runde Steine.«

Die Frau: »Wenn du dich zu erinnern anfängst, kriege ich Angst, nachträglich bei etwas ertappt zu werden.«

Das Kind: »Am nächsten Tag hat dich Bruno zum Spaß mit Kleidern und Schuhen ins Meer gestoßen. Du hattest braune Schuhe an, mit einem Knopf zum Schließen –«
Die Frau: »Aber weißt du auch noch, wie du an einem Abend im Sandkasten vor dem Haus ganz still auf dem Rücken lagst?«
Das Kind: »Davon weiß ich nichts.«
Die Frau sagte: »Jetzt bin also ich es, die sich erinnert! Du hattest die Hände unter den Kopf gelegt und ein Bein angezogen. Es war Sommer, eine ganz klare Nacht, ohne Mond, die Sterne am Himmel. Und du bist auf dem Rücken im Sand gelegen und warst nicht ansprechbar.«
Das Kind sagte nach einiger Zeit: »Vielleicht, weil es so ruhig war im Sandkasten.«
Sie schauten nur und aßen. Die Frau lachte auf; schüttelte den Kopf. Dann erzählte sie: »Vor vielen Jahren habe ich einmal Bilder von einem amerikanischen Maler gesehen, vierzehn in einer Reihe, die die Leidensstationen Jesu Christi darstellen sollten – du weißt, wie er Blut schwitzt auf

dem Ölberg, wie er gegeißelt wird, undsoweiter . . . Diese Bilder bestanden aber nur aus schwarzweißen Flächen, ein weißer Untergrund, über den längs und quer schwarze Streifen gingen. Die vorletzte Station – ›Jesus wird vom Kreuz genommen‹ – war fast schwarz zugemalt, und die Station danach, die letzte, wo Jesus ins Grab gelegt wird, auf einmal völlig weiß. Und jetzt das Seltsame: ich ging an dieser Reihe langsam vorbei, und wie ich vor dem letzten Bild stand, dem ganz weißen, habe ich plötzlich darauf das fast schwarze als flimmerndes Nachbild noch einmal gesehen, einige Augenblicke lang, und dann nur noch das Weiß.«
Sie schauten, aßen und tranken. Das Kind versuchte zu pfeifen, was ihm in der Kälte nicht gelang. Die Frau sagte: »Machen wir noch ein Foto, bevor wir gehen.«
Das Kind fotografierte sie mit einer unförmigen alten Polaroidkamera. Auf dem Bild war sie sehr von unten zu sehen, herabschauend, gegen den Himmel; kaum die Baumspitzen mit darauf. Die Frau rief wie

erschrocken: »So sehen die Kinder also die Erwachsenen!«

Im Badezimmer zu Hause stieg sie in die Wanne, das Kind zu ihr. Sie lehnten sich beide zurück und schlossen die Augen. Das Kind sagte: »Ich sehe noch immer die Bäume vom Berg.« Vom Wasser stieg Dampf auf. Die Siedlung erschien nun in der Dämmerung wie zugehörig zu dem Wald, der dahinter anstieg, und dem hell-dunklen Himmel. Das Kind pfiff in der Badewanne, und die Frau betrachtete es, fast streng.
In der Nacht saß sie aufgerichtet an der Schreibmaschine und tippte schnell.

Am Tag ging sie in der Fußgängerzone des kleinen Ortes unter andern, mit einer Plastiktragetasche, die zerknittert war und schon oft benützt schien. Zwischen den Leuten vor ihr war Bruno. Sie folgte ihm, während er sich weiterbewegte. Nach einiger Zeit drehte er sich wie zufällig um, und sie sagte sofort: »In dem Geschäft da vorne

habe ich kürzlich einen Pullover gesehen, der dir passen würde.« Sie nahm ihn gleich am Arm, und sie betraten den Laden, in dem eine Verkäuferin, eine Schaufensterpuppe hinter sich, mit geschlossenen Augen dasaß, die Hände, die ziemlich rot und rauh waren, im Schoß, und sich gerade entspannte; die Brauen wie im Schmerz der Beruhigung zusammengezogen, während die Mundwinkel nach unten hingen. Beim Eintritt der beiden erhob sie sich und warf dabei den Stuhl um; stolperte über einen auf dem Boden liegenden Kleiderbügel.
Sie nieste und setzte sich eine Brille auf; nieste wieder.
Die Frau sagte langsam, wie zur Beschwichtigung: »Ich habe letzte Woche einen grauen Männerpullover aus Cashmere in der Auslage gesehen.«
Die Verkäuferin suchte in einem Regal mit dem Finger. Die Frau, ihr über die Schulter schauend, holte den Pullover hervor und reichte ihn Bruno zum Probieren. Aus einer Ecke, wo auf dem Boden ein Körbchen stand, kam Babygeschrei. Die Verkäuferin

sagte: »Ich traue mich nicht in seine Nähe, mit meinem Schnupfen.« Die Frau ging und beruhigte das Kind, einfach indem sie sich über den Korb beugte. Bruno hatte den Pullover an und schaute auf die Verkäuferin, die nur die Achseln zuckte und sich lange schneuzte. Die Frau bedeutete Bruno leise, ihn gleich anzubehalten. Er wollte bezahlen, doch sie schüttelte den Kopf, zeigte auf sich, gab der Verkäuferin einen Schein. Die Verkäuferin deutete auf die leere Kasse, und die Frau sagte in dem gleichen leisen Ton, sie würde wegen des Wechselgeldes morgen vorbeikommen. »Oder besuchen Sie mich. Ja, besuchen Sie mich!« Sie schrieb schnell ihre Adresse auf. »Sie sind doch allein mit dem Säugling, nicht wahr? Es tut gut, in einer Boutique einmal jemand andern als ein geschminktes Gespenst zu sehen. Verzeihen Sie, daß ich von Ihnen rede, als dürfte ich das; als könnte ich das.«

Während sie hinausgingen, holte die Verkäuferin einen Taschenspiegel hervor und schaute sich an; sie hielt sich einen Schnupfenstift unter die Nase, strich sich damit über die Lippen.

Draußen sagte die Frau zu Bruno: »Du lebst also noch.«
Bruno antwortete, fast heiter: »Ich wundere mich auch an manchen Nachmittagen plötzlich, noch vorhanden zu sein. Gestern habe ich übrigens gemerkt, daß ich aufgehört habe, die Tage zu zählen, die ich nun ohne dich bin.« Er lachte: »Ich hatte einen Traum, wo alle nacheinander verrückt wurden. Hatte es wieder einen getroffen, so fing er sich aber offensichtlich seines Lebens zu freuen an, so daß wir Übriggebliebenen kein schlechtes Gewissen haben mußten. – Fragt Stefan nach mir?«
Die Frau sagte, indem sie ihm hinten den Preiszettel vom Pullover nahm: »Komm doch bald.« Sie ging, und er entfernte sich in eine andere Richtung.

Sie las im Café eine Tageszeitung und murmelte dabei in sich hinein. Der Schauspieler kam dazu und blieb vor ihr stehen: »Ich habe Ihr Auto wiedererkannt, draußen auf dem Parkplatz.«

Sie betrachtete ihn ohne Überraschung und sagte: »Ich lese gerade, seit langem wieder, eine Zeitung. Ich wußte gar nicht mehr, was in der Welt vor sich geht. Welchen Monat haben wir denn?«

Der Schauspieler setzte sich zu ihr: »Februar.«

»Und in welchem Erdteil leben wir?«

»In einem unter andern.«

Die Frau: »Haben Sie einen Namen?« Der Schauspieler sagte ihn; er schaute zur Seite und lachte, schob die Gläser auf dem Tisch hin und her. Endlich blickte er sie wieder an und sagte: »Ich bin noch nie einer Frau nachgegangen. Ich suche Sie seit Tagen. Ihr Gesicht ist so sanft – als wären Sie sich immer bewußt, daß man sterben muß! Entschuldigen Sie, wenn ich etwas Dummes sage.« Er schüttelte den Kopf. »Ach, immer will ich gleich alles zurücknehmen! In den letzten Tagen konnte ich nicht ruhig bleiben vor Sehnsucht nach Ihnen. Seien Sie mir bitte nicht böse. Sie kommen mir so

frei vor, haben so eine« – er lachte – »Lebenslinie im Gesicht! Ich brenne nach Ihnen, alles in mir glüht nach Ihnen. Vielleicht denken Sie, ich sei überspannt, weil ich zu lange ohne Arbeit bin? Aber sagen Sie nichts. Sie müssen mit mir gehen. Lassen Sie mich nicht allein. Ich möchte Sie haben. Was für verlorene Existenzen wir doch bis jetzt gewesen sind, nicht wahr? An einer Straßenbahnhaltestelle las ich: ER liebt dich, er wird dich erlösen, und ich dachte sofort an Sie: Nein, nicht ER, WIR werden einander erlösen. Ich möchte von allen Seiten um Sie herum sein, Sie überall fühlen, mit der Hand schon die Hitze von Ihnen aufsteigen spüren, noch ehe ich Sie berühre! Lachen Sie mich nicht aus. Oh, wie ich Sie begehre. Mit Ihnen zusammen sein, gleich jetzt, ganz stark, für immer!«
Sie saßen einander bewegungslos gegenüber; er sah fast böse aus; dann rannte er aus dem Lokal. Die Frau saß unter den andern Leuten, ohne Bewegung.
Ein hellerleuchteter Linienbus fuhr in der Nacht, nur ein paar alte Frauen drin, im

Kreisverkehr langsam um einen großen Platz herum und verschwand in der Dunkelheit; die leeren Haltegriffe schwankten.

Die Frau und das Kind saßen am Abend im Wohnraum und spielten mit Würfelbechern. Draußen war Sturm; er rüttelte an den Türen. Manchmal hielten beide im Spiel inne, nur um zu horchen, wie der Sturm sauste.
Das Telefon läutete, lange. Endlich ging das Kind hin und sagte dann: »Ich mag jetzt nicht reden.« Zur Frau: »Bruno möchte kommen, mit der Lehrerin.« Die Frau machte eine Geste des Einverständnisses, und das Kind sprach ins Telefon: »Ja, ich werde noch wach sein.«
Dann, während sie weiterspielten, klingelte es, jetzt an der Tür.
Der Verleger war draußen und sagte zu dem öffnenden Kind sofort: »Was ist klein, hat müde Augen und ist nach dem Kinderprogramm noch nicht im Bett?«
Er kam mit großen Schritten auf die Frau

zu und umarmte sie.
Die Frau fragte: »Kommen Sie wieder von Ihrem verlorenen Autor?«
Der Verleger: »Es gibt keinen verlorenen Autor. Und es gab nie einen.«
Er zog eine Flasche Champagner aus der Manteltasche und sagte, es seien noch welche im Auto.
Die Frau: »Lassen Sie den Fahrer doch auch hereinkommen!«
Der Verleger winkte, nach einer kurzen Pause, an der offenen Tür dem Fahrer, der, nachdem er sich lange die Schuhe abgestreift hatte, zögernd eintrat.
Der Verleger: »Sie sind auf ein Glas eingeladen.«
Die Frau: »Oder zwei.«
Die Türglocke läutete wieder, und als der Fahrer aufmachte, stand da die Verkäuferin aus der Boutique, lächelnd, schön geworden.
Alle saßen und standen im Wohnraum, tranken. Das Kind würfelte noch. Musik. Der Verleger schaute vor sich hin; dann von einem zum andern; schien sich plötz-

lich zu freuen und goß dem Fahrer nach.
Nun war es wieder das Telefon, das läutete.
Die Frau lief hin und sagte sofort: »Sie sind es, nicht wahr? – Ihre Stimme ist so nahe. Sie sind in der Telefonzelle an der Ecke, ich höre es!«
Die Türklingel schlug an, so kurz, als sei draußen ein Bekannter.
Die Frau bedeutete den andern mit dem Kopf, aufzumachen, während sie am Telefon weiterredete: »Nein, ich bin nicht allein. Sie hören es ja. Aber kommen Sie nur. Kommen Sie!«
Zur offenen Tür traten Bruno und Franziska herein.
Franziska sagte zur Frau: »Und wir dachten, den einsamsten Menschen auf Erden hier zu treffen.«
Die Frau: »Ich entschuldige mich für den Zufall, heute abend nicht allein zu sein.«
Franziska, zum Kind: »Ich habe einen Namen. Sag also nicht ›die Lehrerin‹, wenn du von mir redest, wie gerade am Telefon.«
Der Verleger: »Dann will auch ich ab jetzt

nicht immer ›der Verleger‹ heißen, sondern Ernst.«

Die Frau umarmte Bruno.

Der Verleger kam herzu und sagte zu Franziska: »Umarmen wir einander doch auch!«, und legte schon die Arme um sie.

Die Frau trat vor die Tür auf die Gasse, wo langsam der Schauspieler herunterkam. Sie ließ ihn stumm ins Haus.

Bruno betrachtete ihn und sagte dann: »Sind Sie der Freund?« Und dann: »Sie schlafen mit meiner Frau, was? Zumindest sind Sie drauf aus, nicht wahr?«

Er starrte wie im Büro: »Sie sind wohl einer von denen, die einen alten Kleinwagen fahren und hinten auf dem Rücksitz diese politischen Nacktzeitschriften liegen haben?«

Er starrte. »Ihre Schuhe sind auch nicht geputzt. Aber wenigstens blond sind Sie. Haben Sie vielleicht auch noch blaue Augen?« Er starrte weiter und entspannte sich plötzlich; die Frau stand ruhig daneben.

Er sagte: »Wissen Sie, ich rede nur so dahin, ohne Bedeutung.«

Sie waren alle im Wohnraum. Der Verleger tanzte mit der Verkäuferin. Der Fahrer kam mit mehreren Champagnerflaschen vom Wagen zurück. Er ging dann anstoßend von einem zum andern.

Das Kind spielte zwischen ihnen am Boden. Bruno hockte sich dazu und betrachtete es.

Das Kind: »Spielst du mit mir?«

Bruno: »Ich kann heute abend nicht spielen.« Er würfelte ein bißchen und sagte: »Wirklich, ich kann heute abend nicht spielen!«

Die Verkäuferin löste sich vom Verleger und beugte sich herab, um mitzuwürfeln; tanzte weiter, würfelte dazwischen wieder mit dem Kind.

Der Verleger und Franziska, ihre gefüllten Gläser in der Hand, gingen im Kreis umeinander herum.

Bruno schnitt dem Kind im Badezimmer die Fußnägel.

Der Verleger und Franziska gingen im Flur lächelnd langsam aneinander vorbei.

Bruno stand neben dem Kind, das im Bett

lag. Das Kind sagte: »Ihr seid alle so seltsam still.« Bruno stand noch da, neigte nur den Kopf zur Seite; machte dann das Licht aus.
Er ging mit der Frau durch den Flur zu den andern. Der Schauspieler kam ihnen entgegen, und Bruno legte den Arm um die Schulter seiner Frau; tat ihn wieder weg.
Der Schauspieler sagte zu ihr, er habe sie gesucht.
Sie saßen alle im Wohnraum; redeten wenig. Trotzdem schienen sie immer mehr ohne Aufforderung zueinander zu rücken und blieben eine Zeitlang auch so.
Die Verkäuferin legte den Kopf in den Nacken und sagte: »Was für ein langer Tag das heute war! Ich hatte schon keine Augen mehr im Kopf – nur noch Löcher, die brannten. Jetzt mildert sich der Schmerz, und ich sehe allmählich wieder etwas.«
Der Fahrer neben ihr machte eine Bewegung, als wollte er ihr ins Haar greifen; ließ die Hand dann sinken.

Der Verleger kniete vor die Verkäuferin hin und küßte ihr einzeln die Fingerspitzen.
Der Fahrer zeigte allen nacheinander Fotos, die er aus seiner Brieftasche nahm.
Franziska sagte zur Verkäuferin: »Warum treten Sie nicht einer Partei bei?«
Die Verkäuferin schwieg nur und umarmte Franziska plötzlich; diese löste sich und sagte, indem sie zur Frau hinblickte: »Das Alleinsein verursacht den eisigsten, ekligsten Schmerz: den der Wesenlosigkeit. Dann braucht man Leute, die einem beibringen, daß man doch noch nicht ganz so verkommen ist.«
Der Fahrer nickte kräftig und schaute den Verleger an; der hob die Arme und sagte: »Ich habe nicht widersprochen.«
Die Verkäuferin summte die Musik mit; dann legte sie sich auf den Boden und streckte die Beine aus.
Der Fahrer kam mit einem Notizblock und fing an, sie alle zu zeichnen.
Franziska wollte den Mund öffnen, doch der Fahrer sagte: »Bitte bewegen Sie sich

nicht!« Franziska machte den Mund wieder zu.
Sie schwiegen alle; tranken; schwiegen wieder.
Plötzlich lachten sie gleichzeitig.
Bruno sagte zu dem Schauspieler: »Wissen Sie eigentlich, daß Sie auf meinem Platz sitzen?«
Der Schauspieler stand auf, um den Stuhl zu wechseln. Der zeichnende Fahrer sagte streng: »Bleiben Sie, wo Sie sind!«
Bruno zog dem sich wieder setzenden Schauspieler den Stuhl weg, und er fiel auf den Rücken.
Der Schauspieler erhob sich langsam; trat dann, eher unentschlossen, nach Bruno.
Der Fahrer versuchte beide, die am Boden rollten, zu trennen.
Die Verkäuferin setzte sich die Brille auf.
Franziska tauschte Blicke mit dem Verleger, der dann erzählte, daß er im Krieg einmal schiffbrüchig gewesen sei.
Die Frau schaute aus dem Fenster, wo sich die Baumkronen im Garten stark bewegten.

Der Fahrer kam vom Auto mit einem Verbandskasten zurück.
Er legte den beiden die Hände ineinander, ging rückwärts, indem er ihnen bedeutete, diese Haltung beizubehalten, und zeichnete. Bruno und der Schauspieler verzogen die Gesichter, und der Fahrer rief: »Nicht lachen!«
Bruno und der Schauspieler wuschen sich im Badezimmer gemeinsam das Gesicht.
Die Verkäuferin und Franziska kamen dazu und tupften die beiden mit Handtüchern ab.
Der Fahrer zeigte seine fertige Zeichnung herum.
Die Frau und Bruno standen auf der Terrasse. Bruno fragte nach einer Weile: »Weißt du inzwischen, wie es mit dir weitergehen soll?«
Die Frau antwortete: »Nein. Einen Augenblick lang habe ich einmal mein künftiges Leben ganz klar vor mir gesehen, und da ist mir bis ins Innerste kalt geworden.«
Sie standen und schauten zu den Garagen hinunter, wo Plastiksäcke schlitterten. Auf

der Straße ging die ältere Frau, ohne ihren Hund, im langen Abendkleid unter dem Mantel, und grüßte sofort zu ihnen herauf, mit beiden Armen, als wüßte sie alles; sie grüßten gemeinsam zurück.
Die Frau fragte, ob er morgen ins Büro müsse.
Bruno: »Sprich jetzt nicht davon.«
Sie traten eingehängt durch die Terrassentür in den Wohnraum, und der trinkende Fahrer zeigte auf sie und rief: »Wahrhaftig, es gibt noch Liebe!«
Die Verkäuferin schlug ihm auf den ausgestreckten Finger und sagte: »Das Kind schläft.«
Der Fahrer wiederholte seine Bemerkung leiser.
Der Verleger, am Sessel Franziskas lehnend, nickte ein; schlief. Franziska stand vorsichtig auf und nahm den Fahrer an die Hand zum Tanzen, Wange an Wange.
Der Schauspieler kam zur Frau, die am Fenster stand.
Sie schauten gemeinsam hinaus, wo der stürmische Himmel mit den Sternen sehr

hell leuchtete und in dem Raum hinter den Sternen noch widerschien. Nach einiger Zeit sagte er: »Es gibt manche so weit entfernte Galaxien, daß ihr Licht schwächer ist als das bloße Hintergrundleuchten des Nachthimmels. – Ich möchte jetzt mit Ihnen woanders sein.«
Die Frau antwortete sofort: »Bitte, machen Sie keine Projekte mit mir.«
Der Schauspieler schaute sie so lange an, bis sie ihn auch anschaute. Plötzlich erzählte sie: »Ich lag einmal im Krankenhaus, und da sah ich, wie eine sehr alte, kranke, todtraurige Frau die bei ihr stehende Krankenschwester streichelte, aber nur ihren Daumennagel, immer nur ihren Daumennagel.«
Sie schauten einander immer weiter an.
Endlich sagte der Schauspieler: »Während wir einander jetzt anschauten, bemerkte ich die Hindernisse meines ganzen bisherigen Lebens, wie Schwellen, die meine Aufmerksamkeit für Sie bedrohten, eine Schwelle nach der andern, und zugleich, nur indem ich Sie immer weiter anschaute,

erlebte ich auch, wie diese Hindernisse eins nach dem andern gegenstandslos wurden und nur noch Sie übrigblieben. Ich liebe Sie jetzt. Ich liebe Sie.«

Bruno saß unbeweglich; trank nur.

Die Verkäuferin löste den Fahrer ab und tanzte mit Franziska.

Der Fahrer torkelte ein bißchen; versuchte ein paar Schritte zum einen, dann zum andern; blieb schließlich abseits stehen.

Bruno dichtete vor sich hin:

»Wie ein Propeller ist der Schmerz
Nur daß es damit nirgendswohin geht
Und sich nur der Propeller dreht.«

Franziska lachte darüber beim Tanzen.

Der Schauspieler blickte sich vom Fenster nach Bruno um, der fragte, ob das denn nicht ein schönes Gedicht gewesen sei.

Der Verleger antwortete mit geschlossenen Augen, als habe er sich nur schlafend gestellt: »Ich nehme es für den nächsten Verlagskalender.« Er sah den trinkenden Fahrer an: »Sie sind ja betrunken.« Er stand in einer Bewegung auf und sagte: »Ich fahre Sie nach Hause. Wo wohnen Sie eigentlich?«

Der Fahrer: »Oh, bleiben wir doch noch. Morgen reden Sie ohnehin nicht mehr mit mir.«
Der Verleger: »Woher kennen Sie mich?«
Die Verkäuferin trat zu der Frau ans Fenster und sagte: »Ich stelle mich in meiner Mansarde auch oft an die Dachluke, nur um die Wolken zu sehen. Da spüre ich dann, daß ich noch lebe.«
Sie schaute auf die Uhr, und die Frau wandte sich sofort an den Verleger, der mit Franziska langsam vorbeitanzte: »Sie muß zu ihrem Kind.«
Der Verleger legte sich vor Franziska die Hand unters Herz; verbeugte sich vor der Verkäuferin.
Er sagte sehr ernst zu der Frau: »So haben wir uns also wieder nicht bei Tageslicht gesehen!«
Sie gingen zur Tür, der Fahrer ihnen nachstolpernd und mit den Autoschlüsseln klimpernd, die der Verleger ihm dann abnahm.
Als die Frau hinter ihnen die Tür geschlossen hatte und in den Raum zurückkam, saß

Franziska allein und zog an ihren kurzen blonden Haaren. Die Frau schaute sich nach Bruno und dem Schauspieler um, und Franziska machte ein Zeichen, daß die beiden unten im Keller seien. Die Musik war zu Ende, und man hörte das Geräusch von Tischtennisbällen. Franziska und die Frau saßen einander gegenüber; der Wind auf der Terrasse bewegte die Schaukelstühle.

Franziska: »Die Verkäuferin und ihr Säugling! Und du und dein Kind! Und morgen ist wieder Schule! Eigentlich beklemmen mich Kinder. Manchmal sehe ich ihnen an, daß sie mich töten wollen, mit ihren Stimmen, mit ihren Bewegungen. Sie schreien durcheinander, stieben hin und her, bis man am Ersticken ist und todschwindlig wird. Was hat man denn von ihnen?«

Die Frau, die den Kopf wie zustimmend gesenkt hatte, antwortete nach einiger Zeit: »Vielleicht einige Nachdenkmöglichkeiten mehr als ohne sie.«

Franziska hielt ein Kärtchen in der Hand und sagte: »Im Weggehen hat mir dein

Verleger seine Adresse zugesteckt.« Sie stand auf: »Jetzt möchte sogar ich einmal allein sein.«
Die Frau legte den Arm um sie.
Franziska: »Das ist schon besser.«
An der offenen Tür, im Mantel, sagte sie: »Ich habe meine Spione, die mir erzählen, daß du mit dir selber redest.«
Die Frau: »Ich weiß es. Und diese Selbstgespräche gefallen mir so sehr, daß ich sie noch übertreibe!«
Franziska, nach einer Pause: »Mach die Tür zu. Du erkältest dich sonst.« Sie ging langsam die Gasse hinauf, einen Schritt nach dem andern, den Kopf vorgeneigt; eine Hand hing ihr nach hinten, als zöge sie einen vollbepackten Caddie hinter sich her.
Die Frau kam in den Keller, wo Bruno und der Schauspieler waren. Bruno fragte: »Sind wir die letzten?«
Die Frau nickte.
Bruno: »Wir spielen nur noch den einen Satz zu Ende.«
Sie spielten sehr ernst, während die Frau,

die Arme verschränkt gegen die Kühle im Raum, ihnen zuschaute.
Sie gingen zu dritt die Treppe hinauf.
An der Garderobe zog Bruno sich an; der Schauspieler dann auch. Bei seinem ärmellosen Pullover wollte er den Kopf zuerst durch das falsche Loch stecken.
Die Frau bemerkte es und lächelte.
Sie machte die Tür auf.
Bruno war schon im Mantel; der Schauspieler folgte ihm und sagte zu Bruno, er sei mit dem Auto da.
Bruno blickte eine Zeitlang vor sich hin und antwortete dann: »Das ist gut. Ich bin nämlich ziemlich verschwitzt.«
Die Frau stand in der Tür und schaute den beiden nach, wie sie die Gasse hinaufgingen.
Sie blieben stehen und pißten nebeneinander, mit dem Rücken zu ihr. Im Weitergehen wollte keiner auf der rechten Seite sein, so daß sie immerzu die Seiten wechselten.
Die Frau ging ins Haus zurück. Sie schloß die Tür und sperrte ab. Sie trug Gläser und

Flaschen in die Küche; leerte die Aschenbecher; spülte. Sie rückte die Stühle im Wohnraum in die alte Ordnung; lüftete.
Sie öffnete die Tür zum Kinderzimmer, wo das Kind sich gerade im Schlaf umdrehte, wobei ein Fußnagel, den Bruno ihm ungeschickt geschnitten hatte, innen an der Bettdecke kratzte.
Sie stand vor dem Spiegel und sagte: »Du hast dich nicht verraten. Und niemand wird dich mehr demütigen!«
Sie saß im Wohnraum, die Beine auf einen zweiten Stuhl gelegt, und betrachtete die Zeichnung, die der Fahrer dagelassen hatte. Sie goß sich ein Glas Whisky ein; schob die Ärmel ihres Pullovers zurück. Sie lächelte in sich hinein und schüttelte den Würfelbecher; lehnte sich zurück und bewegte nur noch die Zehen. Sie saß lange Zeit völlig still, wobei ihre Pupillen, stetig pulsend, immer größer und dunkler wurden; sprang plötzlich auf, holte einen Bleistift, ein Blatt Papier und fing selber zu zeichnen an: erst ihre Füße auf dem Stuhl, dann den Raum dahinter, das Fenster, den sich im Lauf der

Nacht verändernden Sternenhimmel – jeden Gegenstand in allen Einzelheiten. Sie zeichnete nicht schwungvoll, eher zittrig und ungeschickt; doch dazwischen gelangen ihr ab und zu Striche in einer einzigen Bewegung, fast einem Schwung. Es vergingen Stunden, bis sie das Blatt weglegte. Sie schaute es lange an; zeichnete dann weiter.

Am hellen Tag saß sie auf der Terrasse im Schaukelstuhl. Die Fichtenkronen bewegten sich hinter ihr in der spiegelnden Fensterscheibe. Sie begann zu schaukeln; hob die Arme. Sie war leicht angezogen, ohne Decke auf den Knien.

[illegible]

[illegible] gewöhnt, doch die machte [illegible]

[illegible] und [illegible]

[illegible]

[illegible] weg, [illegible]

[illegible] dann weiter.

Nachmittag [illegible]

[illegible]

[illegible]

[illegible]

die Arme. Sie war nicht ausgezogen. Ihre

Decke [illegible]

»So setzen alle zusammen, jeder auf seine Weise, das tägliche Leben fort, mit und ohne Nachdenken; alles scheint seinen gewöhnlichen Gang zu gehen, wie man auch in ungeheuren Fällen, wo alles auf dem Spiele steht, noch immer so fort lebt, als wenn von nichts die Rede wäre.«

(Die Wahlverwandtschaften)

PARIS, Winter und Frühjahr 1976

Peter Handke
Sein Werk im Suhrkamp Verlag

Abschied des Träumers vom Neunten Land. Eine Wirklichkeit, die vergangen ist: Erinnerung an Slowenien. Mit Zeichnungen des Autors. Bütten-Broschur

Die Abwesenheit. Ein Märchen. Leinen und st 1713

Als das Wünschen noch geholfen hat. Fotos von Peter Handke. st 208

Die Angst des Tormanns beim Elfmeter. Erzählung. BS 612 und st 27

Begrüßung des Aufsichtsrats. st 654

Der Chinese des Schmerzes. Leinen und st 1339

Chronik der laufenden Ereignisse. st 3

Das Ende des Flanierens. st 679

Falsche Bewegung. st 258

Gedicht an die Dauer. BS 930

Die Geschichte des Bleistifts. st 1149

Das Gewicht der Welt. Ein Journal (November 1975 – März 1977). st 500

Der Hausierer. Roman. Engl. Broschur und st 1959

Die Hornissen. Roman. st 416

Ich bin ein Bewohner des Elfenbeinturms. st 56

Die Innenwelt der Außenwelt der Innenwelt. es 307

Kaspar. es 322

Kindergeschichte. Engl. Broschur und st 1071

Der kurze Brief zum langen Abschied. Engl. Broschur und st 172

Langsam im Schatten. Broschur

Langsame Heimkehr. Erzählung. Leinen und st 1069

Langsame Heimkehr. 4 Bände in Kassette.

Langsame Heimkehr. Die Lehre der Sainte-Victoire. Kindergeschichte. Über die Dörfer. st 1069-1072

Die Lehre der Sainte-Victoire. Engl. Broschur und st 1070

Die linkshändige Frau. Erzählung. Engl. Broschur und st 560

Nachmittag eines Schriftstellers. Erzählung. st 1668

Peter Handke. Prosa. Gedichte. Theaterstücke. Hörspiel. Aufsätze. Sonderausgabe. Kartoniert

Phantasien der Wiederholung. es 1168

Publikumsbeschimpfung und andere Sprechstücke. es 177

Der Ritt über den Bodensee. es 509

Das Spiel vom Fragen oder Die Reise zum Sonoren Land. Engl. Broschur

Stücke 1. st 43

Die Stunde da wir nichts voneinander wußten. Ein Schauspiel. Engl. Broschur

25/1/2.92

Peter Handke
Sein Werk im Suhrkamp Verlag

Die Stunde der wahren Empfindung. Leinen, BS 773 und st 452
Über die Dörfer. Dramatisches Gedicht. Engl. Broschur und st 1072
Die Unvernünftigen sterben aus. st 168
Versuch über den geglückten Tag. Ein Wintertagtraum. Leinen
Versuch über die Jukebox. Erzählung. Leinen
Versuch über die Müdigkeit. Leinen
Die Wiederholung. Leinen, BS 1001 und st 1834
Wind und Meer. Vier Hörspiele. es 431
Wunschloses Unglück. Erzählung. BS 834 und st 146

Übersetzungen

Aischylos: Prometheus, Gefesselt. Übertragen von Peter Handke. Broschiert
Emmanuel Bove: Armand. Roman. Aus dem Französischen von Peter Handke. BS 792
– Bécon-les-Bruyères. Eine Vorstadt. Aus dem Französischen von Peter Handke. BS 872
– Meine Freunde. Aus dem Französischen von Peter Handke. BS 744
Georges-Arthur Goldschmidt: Der Spiegeltag. Roman. Aus dem Französischen von Peter Handke. Gebunden
Gustav Januš: Gedichte 1962-1983. Aus dem Slowenischen von Peter Handke. BS 820
Florjan Lipuš: Der Zögling Tjaž. Roman. Aus dem Slowenischen von Peter Handke zusammen mit Helga Mračnikar. st 993
Patrick Modiano: Eine Jugend. Aus dem Französischen von Peter Handke. BS 995
Walker Percy: Der Idiot des Südens. Roman. Deutsch von Peter Handke. Gebunden und st 1531
– Der Kinogeher. Roman. Deutsch von Peter Handke. BS 903
Francis Ponge: Das Notizbuch vom Kiefernwald und La Mounine. Deutsch von Peter Handke. BS 774
William Shakespeare: Das Wintermärchen. Deutsch von Peter Handke. Gebunden

Editionen, Vorworte und Nachworte

Nicolas Born: Gedichte. Herausgegeben und mit einem Nachwort versehen von Peter Handke. BS 1042
Franz Michael Felder: Aus meinem Leben. Mit einer Vorbemerkung von Peter Handke und einem Nachwort von Walter Methlagl. st 1353

25/2/2.92

Neue deutschsprachige Literatur
in den suhrkamp taschenbüchern

Aschenbeck, Udo: Südlich von Tokio. st 1409
Bauer, Margrit: Überleben. Eine unsystematische Ermittlung gegen die Not aller Tage. st 1098
Behrens, Katja: Die weiße Frau. Erzählungen. st 655
Berkéwicz, Ulla: Josef stirbt. Erzählung. st 1125
– Michel, sag ich. st 1530
Blatter, Silvio: Kein schöner Land. Roman. st 1250
– Love me Tender. Erzählung. st 883
– Schaltfehler. Erzählungen. st 743
– Die Schneefalle. Roman. st 1170
– Wassermann. Roman. st 1597
– Zunehmendes Heimweh. Roman. st 649
Böni, Franz: Die Fronfastenkinder. Aufsätze 1966-1985. Mit einem Nachwort von Ulrich Horn. st 1219
Brasch, Thomas: Der schöne 27. September. Gedichte. st 903
Buch, Hans Christoph: Die Hochzeit von Port-au-Prince. Roman. st 1260
– Jammerschoner. Sieben Nacherzählungen. st 815
– Karibische Kaltluft. Berichte und Reportagen. st 1140
Cailloux, Bernd: Intime Paraden. Erzählungen. st 1707
Dinkelmann, Fritz H.: Das Opfer. Roman. st 1591
Fritsch, Werner: Cherubim. st 1672
Gall, Herbert: Deleatur. Notizen aus einem Betrieb. st 639
Genzmer, Herbert: Cockroach Hotel. Ängste. st 1243
– Freitagabend. st 1540
– Manhattan Bridge. Geschichte einer Nacht. st 1396
Goetz, Rainald: Irre. Roman. st 1224
Hänny, Reto: Flug. st 1649
Hengstler, Wilhelm: Die letzte Premiere. Geschichten. st 1389
Horstmann, Ulrich: Das Glück von Omb'assa. Phantastischer Roman. PhB 141. st 1088
– Das Untier. Konturen einer Philosophie der Menschenflucht. st 1172
Hürlimann, Thomas: Die Tessinerin. Geschichten. st 985
Innerhofer, Franz: Die großen Wörter. Roman. st 563
– Schattseite. Roman. st 542
– Schöne Tage. Roman. st 349
Kirchhoff, Bodo: Dame und Schwein. Geschichten. st 1549
– Die Einsamkeit der Haut. Prosa. st 919
– Ferne Frauen. Erzählungen. st 1691
– Mexikanische Novelle. st 1367

250/1/8.90

Neue deutschsprachige Literatur
in den suhrkamp taschenbüchern

Kirchhoff, Bodo: Ohne Eifer, ohne Zorn. Novelle. st 1301
– Zwiefalten. Roman. st 1225
Kiss, Ady Henry: Da wo es schön ist. st 914
Klix, Bettina: Tiefenrausch. Aufzeichnungen aus der Großstadt. st 1281
Kolleritsch, Alfred: Gedichte. Ausgewählt und mit einem Vorwort versehen von Peter Handke. st 1590
– Die grüne Seite. Roman. st 323
Konrad, Marcel: Stoppelfelder. Roman. st 1348
Laederach, Jürg: Laederachs 69 Arten den Blues zu spielen. st 1446
– Nach Einfall der Dämmerung. Erzählungen und Erzählungen. st 814
– Sigmund oder Der Herr der Seelen tötet seine. st 1235
Leutenegger, Gertrud: Gouverneur. st 1341
– Ninive. Roman. st 685
– Vorabend. Roman. st 642
Meinecke, Thomas: Mit der Kirche ums Dorf. Kurzgeschichten. st 1354
Meyer, E. Y.: Eine entfernte Ähnlichkeit. Erzählungen. st 242
– In Trubschachen. Roman. st 501
– Ein Reisender in Sachen Umsturz. Erzählungen. Neufassung. st 927
– Die Rückfahrt. Roman. st 578
Morshäuser, Bodo: Die Berliner Simulation. Erzählung. st 1293
– Blende. Erzählung. st 1585
– Nervöse Leser. Erzählung. st 1715
Neumeister, Andreas: Äpfel vom Baum im Kies. st 1748
Offenbach, Judith: Sonja. Eine Melancholie für Fortgeschrittene. st 688
Pedretti, Erica: Harmloses, bitte. st 558
– Heiliger Sebastian. Roman. st 769
– Sonnenaufgänge Sonnenuntergänge. Erzählungen. st 1653
Pietsch, Nikolaus: Der Gefangene von Heidelberg. st 1129
Rosei, Peter: Der Fluß der Gedanken durch den Kopf. Logbücher. st 1656
– Reise ohne Ende. Aufzeichnungsbücher. st 875
Rothmann, Ralf: Messers Schneide. Erzählung. st 1633
Schertenleib, Hansjörg: Die Ferienlandschaft. Roman. st 1277
Schimmang, Jochen: Das Ende der Berührbarkeit. Eine Erzählung. st 739
– Der schöne Vogel Phönix. Erinnerungen eines Dreißigjährigen. st 527
Schleef, Einar: Gertrud. st 942
Sloterdijk, Peter: Der Zauberbaum. Die Entstehung der Psychoanalyse im Jahr 1785. Ein epischer Versuch zur Philosophie der Psychologie. st 1445

250/2/8.90

Neue deutschsprachige Literatur
in den suhrkamp taschenbüchern

Stark, Angelika: Liebe über Leichen. st 1099
Strätz, Harald: Frosch im Hals. Erzählungen. st 938
Struck, Karin: Lieben. Roman. st 567
– Die Mutter. Roman. st 489
– Trennung. Erzählung. st 613
Wachenfeld, Volker: Camparirot. Eine sizilianische Geschichte. st 1608
– Keine Lust auf Pizza. Roeders Story. st 1347
Wigger, Daniel: Auch Spinnen vollführen Balzgesänge. st 1550
Winkler, Josef: Der Ackermann aus Kärnten. Roman. st 1043
– Menschenkind. Roman. st 1042
– Muttersprache. Roman. st 1044
Zschorsch, Gerald: Glaubt bloß nicht, daß ich traurig bin. Prosa, Lieder, Gedichte. Mit einem Text von Rudi Dutschke. st 1784

250/3/8.90

Ludwig Wittgenstein
im Suhrkamp Verlag

Werkausgabe. 8 Bände in Kassette. Leinen und suhrkamp taschenbücher wissenschaft

Band 1: Tractatus logico-philosophicus. Tagebücher 1914-1916. Philosophische Untersuchungen. Leinen und stw 501

Band 2: Philosophische Bemerkungen. Aus dem Nachlaß herausgegeben von Rush Rhees. Leinen und stw 502

Band 3: Ludwig Wittgenstein und der Wiener Kreis. Gespräche, aufgezeichnet von Friedrich Waismann. Aus dem Nachlaß herausgegeben von B.F. McGuinness. Leinen und stw 503

Band 4: Philosophische Grammatik. Herausgegeben von Rush Rhees. Leinen und stw 504

Band 5: Das Blaue Buch. Eine Philosophische Betrachtung (Das Braune Buch). Leinen und stw 505

Band 6: Bemerkungen über die Grundlagen der Mathematik. Herausgegeben von G.E.M. Anscombe, Rush Rhees und G.H. von Wright. Leinen und stw 506

Band 7: Bemerkungen über die Philosophie der Psychologie. Letzte Schriften über die Philosophie der Psychologie. Herausgegeben von G.E.M. Anscombe, G.H. von Wright und Heikki Nyman. Leinen und stw 507

Band 8: Bemerkungen über die Farben. Über Gewißheit. Zettel. Vermischte Bemerkungen. Leinen und stw 508

Einzelausgaben

Logisch-philosophische Abhandlung. Tractatus logico-philosophicus. Kritische Edition. Herausgegeben von Brian McGuinness und Joachim Schulte. Leinen

Vorlesungen 1930-1935. Cambridge 1930-1932: Aus den Aufzeichnungen von John King und Desmond Lee. Herausgegeben von Desmond Lee. Cambridge 1932-1935: Aus den Aufzeichnungen von Alice Ambrose und Margaret Macdonald. Herausgegeben von Alice Ambrose. Übersetzt von Joachim Schulte. Leinen und stw 865

Vorlesungen über die Philosophie der Psychologie 1946/47. Aufzeichnungen von P.T. Geach, K.J. Shah und A.C. Jackson. Herausgegeben von P.T. Geach. Übersetzt von Joachim Schulte. Leinen

Schriften VII. Wittgensteins Vorlesungen über die Grundlagen der Mathematik, Cambridge, 1939. Nach den Aufzeichnungen von R. G. Bosanquet, Norman Malcolm, Rush Rhees und Yorick Smythies. Herausgegeben von Cora Diamond. Übersetzt von Joachim Schulte. Leinen

65/1/5.91

5/2/5.91